LA MAR[illegible]ARÉE

LA SÉRIE DU MÉNAGE BRIDGEWATER - 2

VANESSA VALE

Conception de la couverture : Bridger Media

Création graphique : Period Images

1

Laurel

Je n'avais jamais eu aussi froid de ma vie. Mes doigts glacés étaient douloureux et engourdis. Je me réchauffais les jambes en les serrant contre les flancs du cheval. J'avais finalement dû serrer mon écharpe autour de ma tête, en la nouant sous mon menton, mais elle ne me protégeait pas contre la neige. Au moment de quitter l'écurie, il avait à peine plu, mais les flocons s'étaient désormais épaissis et je ne voyais plus rien devant moi. Le vent s'était levé et rabattait la neige par bourrasques – le froid semblait s'infiltrer jusque dans mes os.

J'étais perdue. Complètement et absolument perdue, ce qui voulait sans doute dire que j'allais mourir. J'avais simplement voulu rejoindre Virginia City, à deux heures à cheval de chez moi, mais je chevauchais depuis longtemps et il n'y avait toujours aucune ville à l'horizon. À vrai dire, il n'y avait rien du tout à l'horizon. Mes cils étaient couverts de neige et j'avais de plus en plus de mal à rester éveillée. Je rêvais de m'endormir, de me blottir sous un amoncellements de couvertures chaudes et épaisses, près d'un feu en serrant entre mes mains une tasse de thé chaud. Mais ces rêves ne m'avançaient à rien. J'étais sur le point de mourir. Bêtement.

Mais qu'aurais-je bien pu faire d'autre ? Rester à la maison et laisser mon père me troquer dans une de ses affaires douteuses ? M. Palmer lui avait fait miroiter des terres et du bétail, des milliers de bêtes, lui avait promis de tout lui céder pour une somme modique, s'il lui accordait ma main. Oui, j'étais le prix à payer. L'homme lui avait tout d'abord proposé un montant et Père n'avait su résister – il avait mordu à l'hameçon. Et puis, une fois l'appétit de Père attisé, il lui avait révélé le vrai prix. Sa fille. Je vivais dans une école à Denver depuis l'âge de sept ans, oubliée depuis quatorze ans. Soudain, une lettre m'ordonnait de rentrer. Je m'imaginais qu'après tout ce temps, mon père voulait me voir et je m'étais bêtement accrochée à cet espoir. Toutes ces illusions s'étaient très vite brisées – M. Palmer était venu à ma rencontre et les deux hommes m'avaient présenté leur plan.

J'avais alors compris ce que je représentais aux yeux de mon père. Je n'étais pas sa fille, mais une jument prisée qu'il vendrait au plus offrant. Il voulait signer son contrat, satisfaire M. Palmer. Il m'échangeait contre une parcelle, un peu de bétail et d'eau. Je n'avais jamais rien représenté à ses yeux, car j'étais pour lui celle qui avait tué sa femme. Elle était morte en me mettant au monde, donc tout était ma faute. Les mariages de convenance n'étaient pas rares dans le Montana. Une femme ne peut y survivre seule sans un homme ; c'est évident. Mais je n'avais encore rien vu de Simms et encore moins du reste du Montana. J'étais pensionnaire d'une école dans le Colorado. Je n'étais pas maître de mon destin ; je ne serais pourtant pas un pion dans les négociations de mon père. Surtout pas lorsque le prix à payer, du moins pour moi, était si élevé.

Mon futur époux devait au moins avoir cinquante ans. Il avait déjà trois enfants adultes, dont deux étaient mariés et vivaient à Simms, le troisième s'était installé à Seattle. Être plus jeune que les enfants de mon mari me dérangeait peu, mais cet homme était également plus petit que moi, bedonnant comme un fût de whisky et plus poilu dans le dos que sur la tête. Pire encore, il lui manquait des dents et celles qui restaient étaient jaunes à cause du tabac à chiquer. Et il puait. Ce type était repoussant. S'il avait été grand, beau et viril, s'il avait fait battre mon cœur et rosir mes joues, les choses auraient été bien différentes. Père m'avait signifié que le marché était d'ores et déjà conclu et le contrat signé. Ne restait plus qu'à acquérir une licence de mariage. Le lendemain, un dimanche, le problème aurait été résolu.

Mais au lieu d'épouser M. Palmer, j'allais mourir. Moi, Laurel Turner, j'avais préféré mourir de froid plutôt que d'épouser un vieillard décati, ridé et obèse. La colère que j'éprouvais envers cet homme et le manque de considération que mon père me témoignait m'avaient poussée à ne pas ménager ma monture. Peut-être apercevrais-je une lueur, une maison, un bâtiment, n'importe quoi dans cette bourrasque glacée où je pourrais trouver refuge. Incrédule, je me frottai les paupières. Vraiment, de la lumière ? Une lueur jaune, faible et douce, était apparu brièvement à travers les flocons avant de disparaître. Un sentiment d'espoir me traversa et je guidai le cheval dans cette direction.

MASON

. . .

« Je vais aller chercher du bois pour demain matin, » dis-je à Brody, qui travaillait à son bureau. Nous étions dans le salon, le feu dans le foyer chauffait la pièce et le reste de la maison contre le nuit glaciale. Le vent et la neige faisaient trembler les fenêtres. Je m'approchai pour tirer l'épais rideau. Je ne pouvais voir que mon propre reflet et d'épais flocons balayés par le vent. « La pile de bois sera recouverte de neige avant l'aube. »

Brody leva les yeux de sa paperasse. « La caisse dans la cuisine est pleine ?

— Je vais vérifier et allumer le poêle avant de me coucher. »

Il acquiesça avant de reprendre son travail. Il n'y avait pas grand-chose à faire en plein hiver, à part s'assurer que les vaches ne tombaient pas raides mortes par ce temps et s'occuper un peu des chevaux. Le soleil se couchait tôt, les nuits étaient longues. Seuls les hommes les plus robustes survivaient dans le Montana et pourtant tout notre régiment, à Brody et à moi, avait choisi d'y fonder un foyer.

Kane et Ian avaient leur femme, Emma, pour les aider à passer le temps, et vu le ventre arrondi de la jeune femme, ils n'avaient pas chômé. Andrew et Robert avaient Ann et un fils en bas âge, Christopher, pour les divertir. Les longues nuits d'hiver étaient plus difficiles à supporter pour les célibataires de Bridgewater. Je soupirai en me demandant si Brody et moi allions un jour trouver une femme à notre goût. Trouver une femme et la convaincre d'épouser deux hommes n'était pas une tâche facile, mais c'était notre vœu le plus cher : une femme pour deux. Tous les hommes de Bridgewater suivaient cette coutume : trouver une femme, la faire nôtre, la chérir, la protéger et la posséder pour le reste de nos vies.

Je haussai les épaules en passant un manteau en peau de mouton. J'en relevai le col et enfilai des gants de cuir. Aucune femme ne se matérialiserait ce soir et mes rêveries n'y changeraient pas grand-chose. Alors que j'ouvrais la porte arrière, un souffle glacial me frappa de plein fouet, invitant un tourbillon de neige dans la cuisine. Je sortis rapidement, en fermant la porte derrière moi de manière à garder la chaleur à l'intérieur. Par temps plus clément, j'apercevais les lumières des autres maisons au loin. Ce soir, cependant, tout n'était que noir et blanc. Sous les corniches de la maison, se trouvait un tas de bois assez gros pour nous faire l'hiver. Je saisis quelques bûches, les rapportai à l'intérieur, dans le salon et les disposai devant le foyer.

« Besoin d'un coup de main ? » demanda Brody, toujours devant son bureau.

Je lui fis non de la tête. « Encore quelques bûches ici, quelques autres dans la cuisine, et j'irai me coucher.

— Bonne nuit, » répondit distraitement Brody, concentré sur son travail.

Une fois de plus, à l'extérieur, je me mis à ramasser le bois. En attrapant la dernière bûche, j'entendis un cheval hennir. Je marquai une pause. Tous les chevaux se trouvaient dans l'écurie et devaient y rester pendant toute la durée de la tempête. Ils n'auraient pas survécu dehors par une nuit comme celle-ci. Nul doute que nous retrouverions une vache ou deux mortes au matin. Le vent s'était levé et la neige se glissait dans mon cou. Je relevai les épaules et grimaçai en sentant le froid contre ma peau. J'entendis à nouveau un bruit.

Là.

Encore un autre. C'était un cheval. Le hennissement ressemblait presque à un cri cette fois. J'avais déjà entendu ce cri avant – un cheval qui souffrait. Blessé. Je scrutai l'obscurité, mais je ne voyais rien. Aucun animal, rien, juste de la neige. J'en avais jusqu'aux chevilles ; le tapis neigeux allait sans doute épaissir toute la nuit. Il m'arriverait sans doute à la taille dès demain matin, si le vent continuait à souffler ainsi. Un des autres hommes avait-il perdu un cheval? Traînait-il seul par ce temps ?

Je reposai la pile de bois et appelai Brody qui ne tarda pas à me rejoindre.

« J'ai entendu un cheval. Je vais le chercher. »

Brody était surpris. « Étrange. C'était peut-être seulement le vent.

— Peut-être, répondis-je. Je dois tout de même vérifier. Je ne veux pas perdre un animal de cette manière. »

Il m'arrêta d'un geste de la main. « Tu vas avoir besoin d'une lanterne et d'un fusil. » Il s'approcha du porte-fusils où six fusils étaient alignés verticalement contre le mur, prêts à tout type d'urgence. À Bridgewater, le danger était toujours une possibilité. Brody en choisit un et vérifia qu'il était chargé avant de me le remettre. Il en prit un autre pour lui-même.

« Tu attends cinq minutes et tu tires, » lui dis-je, de manière à ce qu'il me serve de point de repère. « Je n'irai pas loin.

— Surtout ne te perds pas, je ne veux pas avoir à sortir par ce temps de chien. » Il sourit.

Je ne pouvais pas lui en vouloir. Je ne voulais pas sortir par ce temps non plus. Mais j'avais entendu un cheval. Je n'aurais pas pu m'endormir sans aller vérifier de quoi il s'agissait.

Fusil à l'épaule, je resserrai mon col autour de mon cou et me frayai un chemin à travers la neige. Après environ dix pas, je m'arrêtai, à l'affût. Du vent, rien que du vent. Ah non. Par là. Je me tournai en direction du bruit, marchai de ce côté. Une minute, puis deux. Ensuite un autre son. J'avançai lentement contre le vent et les bourrasques. Finalement, je le vis. L'animal n'était qu'à quelques mètres de moi, couché sur le flanc. Heureusement, son pelage était sombre, autrement je l'aurais peut-être manqué. Je m'accroupis près de la tête, l'entendis respirer fort, les yeux écarquillés et paniqués. Malgré le temps, la fourrure de l'animal dégoulinait de transpiration et la neige commençait à s'y accrocher. Le son qu'il poussait ressemblait à un cri de torture. Il avait une bride, les rênes couvertes de neige. Une selle. Ce qui signifiait qu'il y avait un cavalier. Quelque part.

Je me levai et fis un tour rapide de l'animal. Une masse sombre dans la neige. Un homme. Était-il mort ? Ce ne serait pas une surprise, vu le temps et la chute qu'il avait dû faire. Heureusement, la neige était assez profonde et avait dû amortir le choc. Tandis que le cheval émettait des sons atroces, je posai mes mains sur le manteau sombre du cavalier silencieux. Je ne sentis pas le physique d'un homme, mais une taille étroite, des hanches évasées. Une femme ! Juste ciel. Une femme qui se promenait ici par ce temps...

Je la fis rouler sur le dos et sentis ses seins sous mes paumes. Je voyais bien qu'elle avait une poitrine généreuse, de belles formes même à travers les couches de vêtements. Sa tête était protégée par un foulard très serré, mais elle était allongée depuis longtemps et il était recouvert d'un bon centimètre de neige. Je ne savais même pas si elle était vivante ou morte. Je ne pouvais pas me poser cette question maintenant. Il fallait la tirer de là et vite.

Le cheval était une tout autre histoire. Laissant la femme, je retrouvai l'animal et examinai ses pattes avant. Comme je le soupçonnai, il y avait là une vilaine fracture, l'os brisé avait percé la chair. Il avait dû marcher dans un terrier. Ce n'était pas rare et malheureusement, souvent mortel. Armant le fusil, je me tournai vers la tête du cheval, lui fis quelques caresses avant de viser.

Le coup de feu retentit dans la nuit, mais comme étouffé par la neige avant d'être emporté par le vent. Je doutais que d'autres hommes que Brody aient pu entendre la détonation. Ils en attendraient quoi qu'il arrive deux autres, trois d'affilée, notre signal d'urgence. Sans quoi, personne n'allait se risquer dehors par ce temps. De quoi attraper la mort.

Plus de temps à perdre avec le cheval ; la femme était maintenant ma seule préoccupation. La soulevant facilement, je me retournai et suivis mes traces jusqu'à la porte. Elles disparaîtraient très vite, mais le vent était moins fort dans ce sens.

« Tellement... froid, » murmura-t-elle.

Elle était en vie !

« Je te tiens, répondis-je. Dans juste une minute, tu seras de nouveau bien au chaud. Reste juste bien éveillée pour moi.

— Vous... vous sentez bon, » dit-elle.

Je ne pus m'empêcher de rire à ses mots. De toute évidence, elle avait perdu la tête, car quelle femme admettrait cela dans une situation pareille ?

Elle n'était pas légère. Je pouvais sentir ses courbes sous mes bras, mais son calme me fit hâter le pas. Enfin ! La lueur chaude de la lanterne de la cuisine apparut.

« Presque arrivés, ma belle. »

Je frappai la porte du pied. Une fois, deux fois.

Brody l'ouvrit tout de suite. « Bon Dieu, bon sang, murmura-t-il en reculant pour me laisser entrer.

— Tiens. Prends-la. »

Je la tendis à Brody qui, visiblement surpris, écarquilla les yeux en entendant qu'il s'agissait d'une femme, effaré en sentant ces formes féminines.

2

RODY

JE RESTAIS PLANTÉ DANS LA CUISINE, UNE FEMME ENTRE MES bras. Abasourdi. Mason était sorti, affirmant avoir entendu un cheval – je pensais que le vent lui avait joué des tours – et était revenu avec une femme. Vraiment, il s'agissait bien d'une femme. Sa taille fine, ses formes douces que je devinais même à travers son manteau, ne laissaient planer aucun doute. Elle était couverte de la tête aux pieds : des bottes, une longue robe, un manteau de laine, une écharpe qui lui couvrait en partie le visage. Je n'avais pas encore vu sa peau, mais je sentais sa féminité. Ses vêtements ne convenaient pas à ce temps violent. Que faisait-elle dans cette tempête ? Pourquoi était-elle ici, à Bridgewater ? D'où venait-elle ?

« Elle est morte? » demandai-je à Mason, qui retirait ses gants et son manteau. Elle était glacée et la neige qui la couvrait trempait déjà ma chemise.

« Non, » répondit-il, respirant fort.

Je savais qu'il fallait agir vite. En me retournant, je la posai doucement sur la grande table de la cuisine et commençai à la débarrasser de ses couches de vêtements.

Je dénouai son écharpe, la laissai tomber sur le sol, et la femme gémit. J'hésitai. « Je veux juste dormir, » marmonna-t-elle.

Elle était pâle, très pâle, et ses lèvres avaient également perdu leurs couleurs. Si elle s'endormait maintenant, elle risquait de ne jamais se réveiller. Nous devions la réchauffer et la garder éveillée. « Oh, non. Ne t'endors surtout pas, » dis-je.

Ses cheveux d'un roux ardent, coiffés en chignon, lui retombaient en boucles sur le front et certaines mèches étaient couvertes aux pointes de neige et de glace. Je lui touchai la joue. Elle était gelée.

« Mmm, » dit-elle et elle pressa son visage contre mes doigts.

Je levai les yeux vers Mason, qui était venu se placer en face de moi – la femme allongée entre nous sur la table. « Va chercher une couverture dans la pièce d'à côté et pose-la sur le poêle pour la réchauffer. Il n'est pas très chaud, elle ne brûlera pas. »

Nous avions sa vie entre nos mains. Je me levai pour lui ôter ses bottes, mais les lacets étaient incrustés de givre. J'attrapai un grand couteau de cuisine et je les coupai. Je jetai le couteau sur le poêle qui fit un bruit sourd et lui retirai ses bottes l'une après l'autre.

« Attendez, » cria-t-elle en remuant sur la table. « Que faites-vous ? » Elle ouvrit les yeux et me fixa, confuse et perdue. Ses yeux étaient d'un incroyable vert clair.

« Tu es frigorifiée et trempée. Certains de tes vêtements sont couverts de neige. Nous devons te réchauffer. »

Je ne discutai pas davantage ; c'était une question de vie

ou de mort. Venaient ensuite ses bas épais, noués avec un ruban juste au-dessus de ses genoux.

Mason revint avec deux couettes, il posa l'une sur le poêle, l'autre sur la chaise à côté de lui. Il fit habilement glisser ses bas, alors que je défaisais déjà les boutons du manteau.

« Qui êtes-vous ? » demanda-t-elle, prise de frissons. Un bon signe.

« Je m'appelle Brody et vous êtes dans notre propriété. C'est Mason qui vous a trouvé.

— Merci, dit-elle. Je pensais bien mourir dehors.

— Pas question que nous ayons ta mort sur la conscience, ma belle, lui dit Mason. Mais nous allons devoir te déshabiller. »

Elle nous regarda tour à tour en secouant la tête. « Non, je vais le faire moi-même. » Ses doigts luttaient avec les boutons de son manteau. « Je ... je ne sens pas mes doigts. Ils sont engourdis.

— Laisse-nous t'aider. » J'écartai délicatement ses mains et terminai le travail pour elle.

« Dieu que tu es belle, murmura Mason, m'aidant à la relever et à lui retirer son manteau.

— Je n'ai jamais vu de cheveux de cette couleur auparavant, ajoutai-je.

— Je suis rousse, » murmura-t-elle.

Elle prononçait ces mots comme s'ils la condamnaient. Cette couleur ressemblait à celle du feu, à de l'or poli, avec quelques notes de bronze. Les endroits où ses cheveux étaient humides étaient plus sombres, mais ils bouclaient visiblement, malgré le chignon.

Mason lui tenait le haut du corps, alors que je m'acharnai à lui déboutonner sa robe.

« Vous ne devriez pas...

— Comment t'appelles-tu ? demanda Mason.

— Laurel.

— Laurel, tes vêtements sont mouillés et il faut que nous te réchauffions. Tu n'as pas froid ? »

Elle hocha la tête et un autre frisson la secoua.

« Alors laisse-nous prendre soin de toi, dis-je d'un ton apaisant. Tu es en sécurité avec nous. »

Je recommençai à la déshabiller, mais je m'impatientai et arrachai ses boutons qui s'éparpillèrent à travers la pièce. En dessous, elle portait un corset que je dénouai.

« Nous ne devrions pas. Je n'ai jamais... j'ai froid. » Elle était décontenancée, fatiguée et de toute évidence marquée par le froid. Sa pudeur nous montrait qu'elle n'avait pas perdu l'esprit, mais la nécessité de se réchauffer l'emportait sur son anxiété.

« Chut, tout va bien. Tu seras bien au chaud dans une minute, » lui dit Mason, qui se dirigea vers l'étagère et lui versa une petite quantité de whisky. « Tiens, bois ça. » Il la cala avec son bras, alors qu'il portait la tasse à ses lèvres. Elle prit une gorgée puis toussa et grimaça. « Encore. » Elle secoua la tête, mais il insista et réussit à lui faire avaler deux gorgées supplémentaires. « C'est bien. »

Sous son corset, elle était à peine couverte par une fine nuisette. La moitié inférieure en était trempée, la neige avait fondu. Le tissu vert accentuait la couleur de ses cheveux, rendait sa peau encore plus pâle. Alors que Mason la tenait, je glissai le vêtement le long de ses hanches jusqu'au sol.

« Merde. »

Je ne l'aurais pas mieux dit que Mason. Nous étions dans le pétrin. Nous échangeâmes un regard. C'était elle que nous attendions. La seule. Elle avait échappé de peu à la mort, mais je savais que c'était notre âme sœur. Comment ? Je n'en avais aucune idée, mais je le savais jusqu'au plus profond de mon âme.

Je jetai un nouveau coup d'œil à mon ami et il me fit un signe de tête rapide.

Cette confirmation tacite me soulagea.

Sa jambe était glacée sous mes doigts. « On y presque, petite.

— Ses doigts et ses orteils ne sont pas noirs, donc les engelures ne se sont pas sérieuses. Merci mon Dieu, » murmura Mason.

J'attrapai l'ourlet de sa nuisette. « Elle est mouillée. Il faut la retirer.

— Non, j'ai besoin de mes vêtements, » répondit-elle en tirant sur sa nuisette.

Mason se caressa les cheveux. « Chut, ne t'inquiète pas, nous avons une couverture chaude pour toi.

— Oh, gémit-elle, clairement, cette pensée la séduisait.

— Allez, débarrasse-toi vite de tous ces vêtements mouillés, ma jolie. Nous allons t'enlever cette nuisette et t'envelopper dans une belle couverture chaude. » J'essayais de rendre ma voix aussi douce que possible, mais je n'étais pas connu pour ma douceur. Laurel avait besoin de cela, alors je m'efforçai de faire ce qu'il fallait.

Je la déshabillai rapidement et je ne pus m'empêcher de regarder sa silhouette pulpeuse, avant que Mason ne la couvre, la frottant avec le tissu doux qui la réchaufferait vite.

« Ça fait tellement de bien, » soupira-t-elle en se blottissant contre le torse de Mason. Elle n'était pas aussi petite qu'elle m'avait d'abord paru. Elle était en fait de taille moyenne avec des formes généreuses. Aucun risque de sentir les os avec elle, avec cette poitrine bien pleine, ces mamelons dressés d'une couleur corail pâle. Je les avais aperçus pendant quelques secondes. Ses hanches étaient également belles et pleines, comme faites pour être agrippées par les mains d'un homme. J'avais même aperçu les poils qui dissimulaient sa chatte. Ils étaient un rien plus sombres que ses cheveux, un contraste frappant avec sa peau pâle et la chair rose qui jaillissait là. Mason la souleva dans ses bras et elle posa sa tête contre son épaule alors qu'il la portait dans le salon. Il s'assit dans la chaise au coin du feu et je les suivais avec la couverture chauffée.

Je la lui passai autour des épaules et il ne nous resta plus que son visage à observer. Des gouttes de sueur couvraient le front de Mason, ce qui voulait dire qu'il la réchauffait également. Je m'installai en face d'eux, en me penchant en avant, avant-bras sur les genoux.

« C'est mieux comme ça ? demanda Mason.

— Oui, Vous me tenez chaud. Vous m'avez sauvée la vie.

— Nous ferons toujours en sorte que tu sois saine et sauve, ma jolie, l'apaisa Mason, en lui caressant le dos. Elle a déjà meilleure mine. »

Ses lèvres se teintaient peu à peu de rose. Un bon signe. Ses yeux se fermaient.

« Je suis tellement fatiguée, dit-elle. Le whisky n'arrangeait sans doute rien.

— Dors maintenant. Je te tiens. Brody et moi, on va prendre soin de toi.

— Je suis en sécurité avec vous ? » demanda-t-elle d'une voix douce.

Mason lui embrassa le front. « Nous ne laisserons jamais rien t'arriver. »

Nous la regardâmes tous les deux pendant une minute, tandis qu'elle s'endormait, détendue. Elle était finalement hors de danger et devait maintenant se reposer.

« J'ai entendu un coup de feu, » dis-je à voix basse.

Mason quitta la femme des yeux et me regarda. « Elle était à cheval. L'animal s'est pris la patte dans un trou. Une fracture. Elle est tombée. Un tas de neige a amorti sa chute. Il a fallu que j'abatte la bête.

— Loin de la maison ? »

Il secoua la tête, l'air pensif. « Peut-être cent-mètres, un peu plus. Je n'y voyais rien, je ne saurais pas te dire. J'ai dû suivre mes traces de pas pour rentrer.

— Je me demande d'où elle peut venir et pourquoi diable elle est sortie par ce temps ? » Je baissai les yeux vers elle. Ces longs cils s'étalaient contre ses joues pâles.

« Nous aurons bien le temps de trouver les réponses. Vu cette tempête, elle n'est pas près de nous quitter.

— Pas question qu'elle nous quitte. Plus jamais. On est d'accord ? »

Mason acquiesça. « On est d'accord. »

LAUREL

RECROQUEVILLÉE SUR LE CÔTÉ, J'ÉTAIS RÉTICENTE À L'IDÉE DE me réveiller. J'avais eu l'impression d'être à l'agonie en chevauchant et j'avais eu raison de m'endormir. Le froid s'était dissipé. Mes doigts et mes orteils n'étaient plus engourdis. La neige et le vent ne me piquaient plus les joues. Mes vêtements n'étaient plus mouillés. En fait, je n'en portais plus du tout. Mais alors d'où venait cette chaleur ? Une chose dure se pressa contre mon dos, un truc me réchauffait front.

Je m'étirai et touchai une surface solide, chaude et légèrement velue...

Mes yeux s'ouvrirent et, à quelques centimètres de mon visage, je vis un homme. Des cheveux blonds coupés quelques mois auparavant, des yeux bleus, des lèvres charnues.

« Oh ! » Je retins ma respiration, reculai et, alors que je me retournais, je fus surprise de me retrouver face à un autre homme. Mon estomac se noua. « Oh ! »

J'étais cernée par des hommes ! Tout me revint. Ma chute

dans la tempête de neige, l'homme venu à mon secours, l'autre homme qui me parlait, qui enlevait mes vêtements mouillés, me réchauffait. Je me rappelai le whisky, la couverture chaude et leurs bras autour de moi. Je m'étais sentie en sécurité dans les bras de cet homme, au chaud, réconfortée. Ils avaient tout fait pour me me réchauffer. Ils avaient été... doux et protecteurs.

« Tout va bien, tu es en sécurité. » L'homme que je découvrais maintenant avait les cheveux noirs et courts, une barbe bien taillée et des yeux sombres. Sa voix était grave, mais son ton en était apaisant. Et il était dans mon lit.

« Nous ne te ferons pas de mal, » dit l'autre homme. Je me tournai pour le regarder par-dessus mon épaule. « Tu te souviens de nous et de la nuit dernière ? » Il me fixait et j'acquiesçai. Ils avaient un accent étrange, pas de la région. Je n'avais jamais entendu personne parler comme cela. Je n'avais rien remarqué la veille, mais je n'avais été qu'à moitié consciente.

Je ne pouvais pas rester ici. Je devais me lever et partir. Tout cela n'était pas convenable, être au lit – nue – avec deux étrangers !

Je me redressai, les deux hommes restaient allongés à mes côtés. Mon mouvement exposa leurs larges épaules, leur poitrine nue et leurs bras musclés. Le fait de tirer le drap et la couverture sur mes seins pour préserver ma pudeur ne couvrait rien de mon dos. Je sentis l'air frais sur ma peau et vis leurs regards s'y aventurer.

« Oh ! » Je m'agenouillai, j'essayai de sortir du lit, et je compris deux choses en même temps. Premièrement, ils agrippaient fermement les draps – ils m'empêchaient de bouger. Deuxièmement, ils pouvaient voir mes fesses et sans doute également mon intimité.

J'aurais pu sortir du lit nue, mais je réalisais que si je le faisais, je n'aurais plus rien pour me couvrir. Je ne pouvais pas sortir de la pièce comme j'étais. Je n'avais donc pas d'autre choix que de me recoucher, en tirant la couette jusque sous mon menton en poussant un gémissement de protestation. Je devais échapper à cette situation inconvenante.

Pour préserver ma vertu, je devais rester dans ce lit. Ils allaient devoir en sortir. Je le leur dis.

« Non. » Le blond secoua lentement la tête. Ses yeux étaient lourds et ses joues avaient pris une teinte rougeâtre. « Tu étais à moitié gelée quand Mason t'a trouvée. Presque morte. Nous t'avons réchauffée et avons veillé sur toi toute la nuit. » Sa voix était rauque et il me fixait. Non, il fixait plutôt mes lèvres.

« Nous voulons être sûrs que tu vas bien, car tu t'es endormie sur nous. » Le brun posa la tête sur son coude et me regarda, la couverture ne recouvrait pas son corps autant que le mien. Quelques poils noirs assombrissaient sa poitrine et j'avais envie de les caresser. Ils dessinaient une ligne qui courait jusqu'à son nombril avant de disparaître sous la couverture. « Tu t'es cognée la tête quand tu es tombée ? Tu as mal quelque part ? Est-ce que tes doigts ou tes orteils sont engourdis ? »

Je compris que yeux me trahissaient de manière inappropriée et je levai le regard vers lui. « Je vais bien maintenant, merci. Plus aucun problème, » répondis-je, essayant de lui faire oublier ce que je venais de regarder.

Cela ne fonctionna pas. Il sourit d'un air de connivence. Il m'avait pris la main dans le sac. Mes joues s'empourprèrent. Au lieu d'avoir froid, j'avais soudain trop chaud. Ces hommes étaient de vrais poêles en fonte, ils dégageaient une chaleur inconcevable. La couverture était finalement de trop, mais je ne pouvais pas m'en débarrasser.

Il approcha sa main de mon visage et je frémis quand ses

doigts se glissèrent dans ma chevelure. Il continua à me caresser tout en me parlant. « Chut, n'aie pas peur.

— Je m'appelle Mason, » dit le barbu. Sa main glissa sous la couverture et je sursautai quand ses doigts chauds me frôlèrent l'épaule. « Et lui, c'est Brody.

— Enchantée, dis-je poliment avant de m'éclaircir la gorge. Merci beaucoup de m'avoir sauvé la vie, mais il faut que j'y aille maintenant. » Je parlais comme s'ils bloquaient la porte d'un magasin et ne me retenaient pas dans leur lit.

La main de Mason sur mon épaule était insistante, mais douce. Brody continua à me toucher les cheveux, comme s'il n'avait jamais vu cette couleur auparavant. Ils étaient tout aussi tendres que la veille, leurs voix me procuraient un calme que je n'avais jamais ressenti auparavant. Tout cela me surprenait, cette tendresse chez deux inconnus...

« De quel côté vas-tu ? » Le front de Mason se plissa.

« Je... euh, eh bien, en direction de Virginia City. »

Brody fronça les sourcils, sa main immobile sur ma nuque. « Cela fait plusieurs heures de route depuis Simms et nous sommes encore plus au nord.

— Alors il faut absolument que j'y aille, je suis déjà très en retard. » Je faisais une piètre menteuse, surtout sous la pression. Me retrouver nue au lit avec deux hommes me mettait dans tous mes états.

« Est-ce que quelqu'un t'attend ? Qui t'enverrait prendre la route par ce temps ? demanda Mason. Ils doivent s'imaginer chez toi, bien à l'abri, et ne s'attendent certainement pas à ce que tu arrives avant la fin de cette tempête. »

Les deux hommes me caressaient tous deux, la main de Mason glissait de haut en bas le long de mon bras, celle de Brody l'imitait de l'autre côté. Je pressai mon menton contre la couverture pour la maintenir en place et tentai d'esquiver leurs mains. Jamais un homme ne m'avait touchée ainsi, habillée ou non. Bien sûr, je n'avais jamais partagé un lit avec un homme, encore moins avec deux.

La main de Mason s'immobilisa sur mon coude. « Un mari ? Il voyageait avec toi ? Je n'ai trouvé personne d'autre. »

Brody s'arrêta pour attendre ma réponse, ils me regardaient tous deux attentivement.

J'aurais pu mentir et dire que j'étais mariée, mais il m'aurait fallu pour cela me créer un conjoint et je m'enfuyais déjà à cause de cela. Peut-être même que Mason et Brody se seraient risqués dans ce blizzard à la recherche d'une personne imaginaire à cause de mon mensonge.

De plus, je ne voulais pas qu'ils s'imaginent que j'étais une femme facile qui tombe dans les bras du premier homme venu. Toute cette situation était... épineuse. « Oh, non. Pas de mari. Ce serait très inapproprié de ma part d'être mariée, alors que je me trouve au lit avec deux hommes. »

Ils se détendirent visiblement et leurs mains se remirent à caresser ma peau, me donnant la chair de poule. Leurs mouvements étaient censés être apaisants, mais il était assez difficile de se détendre dans une situation comme celle-ci.

« Euh ... où sommes-nous ?

— Bridgewater. C'est notre ranch.

— Et pourquoi est-ce que je suis dans ce lit avec vous ? » Comment le dire délicatement ? « Avec... vous deux ? »

3

LAUREL

JE ME RAPPELAIS AVOIR ÉTÉ ENVELOPPÉE DANS UNE couverture chaude et confortablement lovée contre le torse d'un de mes sauveurs. Je me souvenais d'une main caressant ma joue, mes cheveux, un baiser au sommet de mon crâne. Je m'étais sentie si bien, persuadée d'être enfin en sécurité. Encore maintenant, entre ces deux hommes, je me sentais en sécurité. Mais je ne voulais pas risquer de paraître trop entreprenante.

« En plus d'être inconvenant, c'est assez étrange.

— Ici, à Bridgewater, il n'est pas étrange qu'une femme soit prise en charge par deux hommes. En fait, c'est la norme. Nous suivons certaines coutumes orientales qui préconisent plusieurs maris pour une même femme. »

Plusieurs maris ? « Je n'ai jamais entendu parler d'une chose pareille, répondis-je.

— Comme tu peux le constater par nos accents, nous

sommes britanniques. Nous étions basés à Mohamir avec notre régiment. C'était leur usage. Le mariage protège la femme. Il lui permet de rester en sécurité et chérie, toujours protégée par l'un de ses hommes, lui expliqua Mason.

— Un mari se doit toujours de chérir son épouse, » ajouta Brody.

Je me sentais vraiment mal à l'aise. Cette histoire surprenante de polygamie rendait la situation encore plus étrange. « Vous partagez la même femme tous les deux ? Et elle ne... euh... elle ne trouve pas cela bizarre que vous vous retrouviez au lit avec moi ? Ou est-ce que c'est une autre de vos coutumes ? »

Le regard de Mason se fit plus perçant. « Je vais mettre cette insulte sur le compte de ton ignorance, mais ne vas pas t'imaginer que nous oserions faire honte à une femme en commettant la moindre infidélité.

— Nous sommes célibataires. Aucune épouse, » précisa Brody.

Et ils trouvaient de ce fait tout à fait normal de rester au lit avec moi ? Ce sujet de conversation était aussi inédit qu'inconfortable.

« J'aimerais juste récupérer mes vêtements et peut-être manger un peu, ensuite je ne vous dérangerai plus. » Il fallait que je m'éloigne de ces hommes séduisants. L'idée de me frotter à eux aurait dû me dégoûter - comme l'idée que M. Palmer puisse poser ses mains sur moi –, mais c'était tout le contraire. En fait, cela produisait chez moi un effet bien différent. Leur contact me faisait du bien. Leurs mains étaient douces. Chaudes. Tendres et attentionnées.

« Il neige toujours et il serait dangereux de te laisser voyager par ce temps. Nous venons tout juste de te tirer de cette tempête, mon cœur. Nous n'allons pas te laisser sortir comme ça. En plus, ton cheval... Je suis désolé, mais j'ai dû l'abattre. » La voix de Mason était douce et il me regardait fixement. La compassion lui fit froncer les sourcils.

Dans ma distraction, j'avais oublié l'animal. « Le cheval, oh. Que s'est-il passé ?

— Il s'était de toute évidence pris la patte dans un terrier. Tout était recouvert de neige, c'est vite arrivé. Il s'est cassé la patte. Ce sont ses cris de douleur que j'ai entendus et qui m'ont guidé vers toi.

— Ce cheval t'a sauvé la vie, » fit Brody.

Le pauvre. Il aurait dû se trouver en sécurité, un seau d'avoine devant lui, mais je l'avais embarqué avec moi dans ma fuite. Et maintenant, il était mort. Tout ça parce que j'étais partie bêtement dans le mauvais temps. Ma gorge se noua, des larmes me montèrent aux yeux. Je n'avais pas eu le choix. Si j'étais restée, je serais déjà rendue à l'église avec M. Palmer. Peu importait la direction que je prenais, les difficultés me cernaient de tous les côtés. Monsieur Palmer. Deux étrangers dans un lit. Le cheval blessé. Mourant. C'était trop. Je me mis à pleurer. Brody me fit me retourner et se rapprocha de moi, me laissant pleurer sur son épaule. Ses mains caressaient mon dos de manière apaisante et les deux hommes me parlaient en murmurant. Mes sanglots couvraient leurs mots, mais ils m'apaisaient néanmoins.

La peau de Brody me chauffait le visage, les poils clairs sur sa poitrine me chatouillaient le nez. Il sentait le propre et l'obscurité. La virilité. Des mains se glissèrent dans ma chevelure et m'inclinèrent la tête en arrière. Des lèvres douces effleurèrent mon front, mes joues et ma mâchoire puis se posèrent sur ma bouche.

Il m'embrassait !

Ses lèvres étaient chaudes, douces, et sa langue vint lécher mes lèvres closes. La surprise me fit haleter, ce qui permit à la langue de Brody de se glisser à l'intérieur et de caresser la mienne. Mes mains parcoururent son torse ferme et dessiné.

Ses mains glissèrent jusqu'au bas de mon dos, jusqu'à mes fesses. Non, impossible, ses mains se glissaient dans mes cheveux. Alors cela voulait dire que...

Mason.

Brody me fit pencher la tête sur le côté et me prit la bouche. Il n'y avait pas d'autre mot. Il ravageait tous mes sens. Je n'avais jamais été embrassée avant et j'avais imaginé un bécot sec et ferme. Pas de langue. Je n'avais jamais imaginé qu'un homme m'enfoncerait sa langue dans la bouche. C'était incroyable.

D'où venaient toutes ces sensations nouvelles ? Pourquoi ces hommes, ces deux inconnus, me faisaient me sentir toute bizarre ? À vrai dire, je ne les considérais par réellement comme des étrangers, car même si la veille, je n'avais pas été complètement consciente, j'avais senti qu'ils prenaient soin de moi, qu'ils me protégeaient. Me réchauffaient. Ils m'avaient serré dans leurs bras et je m'étais sentie suffisamment en sécurité pour m'endormir dans cette position. Un étranger était un inconnu, une personne avec qui il fallait maintenir une distance prudente. Avec ces hommes, il n'y avait pas de distance. Je me méfiais encore, mais pas de ces deux hommes, plutôt de ce qu'ils me faisaient ressentir. Je penchai la tête en arrière et inspirai tout l'oxygène que Brody venait de me voler. « Il faut arrêter. Ce n'est... ce n'est pas bien. C'est comme si... »

Je devinais le sourire de Brody. « Non, au contraire, chérie, c'est très, très bien. Tu ne t'es pas sentie bien dans mes bras cette nuit ? Tu ne te rappelles pas, je t'ai dit que tu étais en sécurité avec nous ? »

J'acquiesçai.

« Tu es toujours en sécurité. Nous prendrons toujours soin de toi, mais dans ce lit, nous allons pouvoir prendre soin de toi de différentes manières. » De ses pouces, il sécha les larmes sur mes joues et il approcha ensuite sa bouche de la mienne. Mason vint se coller contre mon dos, ses lèvres glissaient sur mon épaule. Je sentais sa barbe soyeuse contre ma peau. Rien à voir avec la bouche de Brody. Sa main se posa à ma taille.

Je ne savais plus qui me touchait ; leurs mains étaient partout. L'un d'entre eux m'agrippa le genou et souleva ma jambe contre la hanche de Brody, tenue fermement. Ils ne lâchaient pas prise.

Un doigt caressa mon sexe et je poussai un cri de surprise. J'essayai de serrer les jambes, mais la main de Brody – ce devait être la sienne – ne céda pas.

« Qu'est-ce que vous faites ? » demandai-je contre la bouche de Brody. Son goût était aussi attrayant que son parfum – ce mélange vint à bout de ma résistance, détendit tous les muscles de mon corps.

« Je joue avec ta chatte, » murmura Mason tout en mordant ma nuque. Sa barbe était douce, mais me râpait tout de même un peu la peau.

Un gémissement m'échappa.

« Pou... pourquoi voulez-vous me toucher là ?

— Tu nous a offert un aperçu et je n'ai pas pu résister. Ces jolies boucles rousses cachent un peu tes petites lèvres. »

Des mots osés, crus. Honnêtes. Mais il ne fallait pas que je pense à tout cela. Son doigt – son simple doigt– me faisait défaillir, réduisait mon esprit en bouillie.

Une main serra ma poitrine. « Ah, Mason, tu vas adorer ses seins. Bien fermes, et son mamelon qui vient de se dresser contre ma paume.

— J'ai hâte, mais je suis occupé avec sa chatte. Elle est mouillée. »

Je sursautai. « Je suis mouillée ? Qu'est-ce qui dégouline ? Quelque chose ne va pas. Non, tu devrais arrêter.

— Chérie, tout va bien. » Les doigts de Brody me

pincèrent le téton et je me cambrai. « Tu es excitée et ta chatte se prépare pour une bite. »

Je secouai la tête. « Non, non... Je suis vierge. Ce n'est pas bien, balbutiai-je.

— Pas de queue avant le mariage, acquiesça Mason d'une voix grave. Rien dans ta chatte avant cela. »

Mes muscles se détendirent. « Alors arrêtons-nous là. »

Brody se recula pour que je puisse voir son visage. Ses yeux pâles montraient toute sa tendresse, tout son empressement. Son envie de moi. « Nous ne faisons que commencer. »

Au moment où Brody dit cela, Mason me toucha et je ressentis comme une décharge, comme une chaleur brûlante qui traversait mon corps. « Oh mon dieu, je gémis.

— Son clitoris est dur.

— Ses tétons se sont dressés contre ma paume. Recommence. »

Ces hommes parlaient de mon corps comme s'il leur appartenait, comme s'ils avaient le droit de le toucher et de le pétrir. Ils me massaient partout. Je ne savais même pas qu'il était possible de ressentir de telles choses. Et là, entre mes cuisses, j'étais mouillée. Le doigt de Mason qui s'y glissait produisait une sensation foudroyante. Quand son doigt me toucha à nouveau, mon clitoris l'avait comme appelé, je fermai les yeux et ma tête retomba sur son épaule. Tout à coup, je me sentis surchauffer.

« Tu vois, c'est parfait, » commenta Brody qui continuait à jouer avec mon téton.

Mason m'embrassa dans le cou et des frissons parcoururent mon dos. Je ne savais pas que je pouvais frissonner de chaleur. Comment cette barbe pouvait-elle être si... enivrante ? Il observait sans doute ce que faisait Brody. « Magnifique. Elle réagit à tout. Pince-la. »

Brody ne se fit pas prier et je gémis. Je ressentais un mélange de douleur et de plaisir.

« Elle aime un peu la douleur, » commenta Brody.

J'étais perdue. Complètement et totalement perdue devant ce que ces deux hommes me faisaient. Je savais qu'il ne fallait pas aimer cela, les professeurs de l'école m'avaient dit de ne pas succomber aux caresses d'un homme, encore moins à celles de deux hommes. Mais je ne pouvais leur résister, pas parce qu'ils ne s'arrêteraient pas, car je savais au fond de moi que ces hommes arrêteraient tout si je le désirais vraiment. Je ne pouvais que leur céder parce que je me sentais... tellement... bien. Le doigt de Mason continua de glisser contre mon clitoris, de s'y frotter à m'en faire remuer les hanches de plaisir. Ma bouche s'était ouverte et mon souffle s'en échappait, haletant.

« C'est trop. Oh. Pitié ! » Je me raidis dans leurs bras, dépassée par les sensations déboussolantes qu'ils me procuraient. Je n'avais jamais ressenti rien de pareil. Je ne contrôlais plus rien ; mon corps s'emballait et s'emballait... à un rythme insoutenable. Je griffai les bras de Brody.

« C'est ça, chérie. Chut. Nous sommes là. Tu vas jouir et nous serons là pour toi, murmura Brody.

— Tu es en sécurité, » ajouta Mason en massant mon clitoris avec encore plus de vigueur. Je n'en pouvais plus. Leurs façons de me tenir, de me regarder, de me garder en sécurité m'aidaient. Je me détendis suffisamment et un plaisir intense me brisa en mille morceaux. Comme si mon corps n'avait attendu que leurs caresses pour se délier. Je ne pouvais rien faire d'autre que succomber. La sensation était absolument incroyable et j'aurais voulu que ça ne se termine jamais.

4

MASON

ELLE S'ÉTAIT ÉCLOSE ENTRE NOS BRAS DE MANIÈRE éblouissante. Son jus me couvrait la main, un jus chaud et doux. Je changeai de position et tirai Laurel vers moi pour qu'elle s'allonge entre nous. Appuyé sur mon coude, je portai mes doigts dégoulinants à ma bouche et les léchai du bout des lèvres. Elle avait une saveur si alléchante que j'étais pris d'une folle envie d'aller la goûter directement à la source. Ma bite était dure, endolorie à l'idée de s'enfoncer en elle, de la posséder. Cela allait devoir attendre. Comme elle l'avait dit, elle devait se préserver jusqu'au mariage. Nous allions régler cela dès que possible, dès que nous pourrions faire venir le juge de paix ou le révérend jusqu'au ranch et prononcer nos vœux sans traîner.

La couverture lui avait échappé quand elle s'était mise à pleurer, je l'avais prise par la taille et Brody l'avait distraite en lui caressant les tétons. Elle avait la peau si blanche que des veines bleu pâle s'y dessinaient clairement, une peau douce et soyeuse sur laquelle j'avais peur de poser mes paumes calleuses. Quand elle nous avait montré maladroitement son cul et sa chatte, j'aurais presque pu en jouir dans l'instant. Ses cheveux se paraient des nuances de rouge les plus féroces.

Elle était allongée maintenant, les yeux fermés, un petit sourire aux lèvres, oublieuse de tout sauf de son premier orgasme – et même du fait qu'elle était à moitié nue. Il s'agissait de son premier plaisir, aucun doute là-dessus. Elle avait été trop effrayée, trop décontenancée par son intensité pour que ce soit un événement familier.

Ses cheveux s'enchevêtraient sur l'oreiller, longs, épais. Ses cils interminables, elle... Je devenais romantique à la vue d'une femme nue. Ce n'était pourtant pas la première femme pour moi, mais ce serait certainement la dernière. Elle était à nous.

« Ça… c'était quoi? demanda-t-elle, d'une voix douce et sirupeuse comme du miel.

— Tes hommes prêts à te faire du bien. »

Ses yeux s'ouvrirent et la panique s'empara d'elle un moment. L'instant suivant, elle réalisa finalement que rien ne la couvrait vraiment. Dire que ses seins étaient ravissants était un euphémisme. Ils étaient gros, avec des tétons qui me faisaient penser à des coraux. Sa silhouette était généreuse, ample et, en posant mes mains sur elle, j'avais senti ses formes douces et abondantes, de quoi s'agripper au moment de baiser.

Elle se redressa et croisa les bras pour cacher sa poitrine. Ses cheveux lui tombaient dans le dos et touchaient le matelas. « Je n'aurais pas dû me laisser faire. C'est mal. »

Brody se cala contre son oreiller, un bras derrière la tête. Je me levai pour m'installer à côté d'elle, beaucoup moins pudique qu'elle. « Pourquoi ce serait mal ? demandai-je.

— Je ne vous connais pas du tout et vous... » Elle n'arrivait pas à trouver les mots justes pour expliquer les émotions complexes et les raisons précises qui rendaient nos actes répréhensibles à ses yeux. Elle était simplement persuadée d'avoir fauté.

« La nuit dernière, dans mes bras, tu ne te sentais pas bien ? »

Elle secoua la tête.

« Parce que tu as eu peur ? »

Elle se lécha les lèvres. « Non, j'avais tellement froid, j'étais tellement effrayée à l'idée de mourir, et finalement vous étiez là.

— Et donc, tu ne trouvais pas ça mal, en fait ? lui demandai-je. Il se passe quelque chose de particulier entre nous trois. Tu l'as ressenti aussi et tu as vu tout le plaisir que nous pouvions t'offrir, tout ce que nous pouvions te faire éprouver. Il n'y a rien de mal à cela. »

Elle repoussa ses cheveux derrière ses oreilles et elle me regarda de ses yeux verts, dubitative. Elle venait de la haute société et n'avait sans doute jamais vu un bordel de sa vie. Sa famille avait dû lui répéter de toujours protéger sa vertu. Elle avait bien fait de tenir compte de ces avertissements, car cela lui avait permis de se réserver pour nous, mais elle allait sans doute devoir lutter contre cette pudeur extrême. Les choses prendraient du temps – nous allions devoir trouver les bons mots. « Est-ce que vous pourriez me rapporter ma robe, s'il vous plaît. »

À cause de sa nervosité, elle allait avoir droit à une nouvelle leçon. Pour devenir notre femme, elle devait se familiariser avec le corps de ses maris et il n'y avait pas de meilleur moment qu'après ce premier orgasme. Elle serait désormais responsable de nos pulsions, comme serions responsables des siennes. Je repoussai les couvertures, me levai et lui révélai d'abord mon dos, puis je me retournai, les mains sur les hanches. Ma bite était dure comme un marteau.

Mon gland d'un rouge colérique palpitait, prêt à baiser. Il se dressait vers mon nombril, tandis que mes couilles pendaient lourdement. S'il s'agissait de sa première queue – et c'était le cas, vu sa bouche grande ouverte et ses yeux écarquillés –, elle n'allait pas être déçue.

« Ta robe est encore mouillée. Tu peux mettre une de mes chemises. »

Elle ne m'écoutait pas – elle fixait simplement mon sexe du regard.

« Qu'est-ce qu'il y a ma puce ? » demanda Brody. Il souleva à son tour la couverture pour révéler sa queue, tout aussi dure que la mienne.

Laurel secoua la tête avant de regarder en direction de Brody et de découvrir sa bite. Elle cherchait à s'éloigner, elle se cala au bout du lit en nous regardant tous les deux – elle pointait du doigt nos sexes. « Elles sont énormes. Euh... Impossible qu'elles... Je veux dire... Peu importe. »

Elle était stupéfaite. Brody lui adressa un sourire coquin, une main derrière la tête, une autre agrippant sa queue – il commençait à se masturber, une goutte de liquide clair s'échappait de son gland.

« Tu avais déjà vu une bite avant ? » demandai-je en saisissant la mienne.

Elle secoua la tête, puis s'humecta les lèvres. Brody gémit.

« Sinon nous allons devoir te les montrer, pas vrai ? Nos queues sont prêtes à te baiser. Elles sont grosses et dures. Tu vois les veines qui s'étirent sur toute la longueur. Tu vois tes beaux cheveux me font bander.

— C'est ta poitrine qui m'excite de mon côté, ajouta Brody. Tes petits halètements m'ont presque fait jouir.

— Sentir tes lèvres et caresser ton clito m'a presque achevé. Tout chez toi, Laurel, nous fait bander. »

Brody s'agenouilla tout en se branlant. « Rien qu'à te voir

comme ça, dans mon lit, avec tes magnifiques yeux émeraude, je vais jouir. Tu veux bien m'aider, bébé ? »

Elle ouvrit la bouche. « Vous aider ? Comment ? Est-ce que ça va faire mal ? »

Brody fit un geste de la tête. « Donne moi juste ta main. » Il lâcha son sexe et tendit la main vers Laurel. Elle réfléchit quelques secondes, se mordit la lèvre et lui tendit finalement la sienne.

Je gémis devant son innocence. « Rapproche-toi, Laurel. Tu es en sécurité. »

Elle leva les yeux vers Brody avant de s'approcher un peu. Il plaça sa main sur sa queue et elle écarquilla les yeux.

« Elle est tellement dure et chaude. »

Brody sourit, mais sa mâchoire se crispa. Ma queue me faisait mal rien qu'à voir sa petite main sur lui. « Comme ça, dit-il, en déplaçant doucement sa main.

— C'est tellement bon. Ta main est tellement douce. Je vais te jouir dessus. »

Je continuai à caresser ma bite en fixant le visage de Laurel, pendant que les premières giclées du foutre de Brody recouvraient sa poitrine et son ventre. Brody gémit alors que Laurel continuait à le branler, toute couverte de sperme. Laurel baissa les yeux pour examiner cette semence blanche et visqueuse.

« J'aime te voir couverte de mon foutre, mon cœur. Tu es à moi. » Brody respirait fortement, mais ses muscles s'étaient relâchés, son corps était rassasié. Elle retira la main de sa bite. « Laisse Mason sentir ta main. C'est à son tour. »

Elle me jeta un coup d'œil par-dessus son épaule, puis s'approcha de moi. Comme l'avait fait Brody, je lui pris la main et la plaçai sur ma bite – je gémis quand elle la serra. Contrairement à Brody, je n'eus aucun besoin de lui montrer comment me branler ; elle apprenait vite.

Je détaillais les épaisses giclées de foutre qui lui

couvraient les seins, ses tétons dressés, ses cheveux rougeoyants. J'attendais cela depuis que j'avais senti les formes de cette femme au cours de la tempête de neige. Je pouvais enfin la voir nue et sentir sa main contre ma bite – mes couilles se contractèrent et mon orgasme me traversa tout le corps avant que ma semence ne gicle à son tour sur les seins de Laurel. Jet après jet, je la couvris d'un foutre abondant. Je ne pouvais pas étouffer mes gémissements, alors que je tendais mes hanches vers elle, submergé par le plaisir. Je posai une main sur la tête de lit, le temps de reprendre le contrôle.

LAUREL

J'AVAIS FAIM, TERRIBLEMENT FAIM – MON DERNIER REPAS AVAIT été ce morceau de pain avec du fromage mangé avant de quitter la maison de mon père. Je n'avais donc pas d'autre choix que d'être là, assise à cette table de cuisine, vêtue d'une simple chemise d'homme. Et uniquement de cette chemise.

Après que Mason eut joui, les deux hommes m'avaient fait étaler leur semence blanche et épaisse contre ma poitrine et mon ventre, comme s'il s'agissait d'une simple pommade. J'aurais voulu me laver, nettoyer le résidu, mais ils avaient refusé et m'avaient tendu non pas une serviette humide, mais une douce chemise en flanelle. Brody en avaient remonté les manches et Mason l'avait boutonné pour moi – la chemise me tombait au niveau des genoux, ma vertu intacte. Façon de parler.

La nourriture que me présenta Brody me fit saliver et je savourai œufs, jambon, pain, pommes de terre et café, mais j'avais du mal à accepter ma situation. Je venais de commettre certains actes avec ces hommes que je ne pensais pas possibles. Je m'étais comportée sans retenue et ils devaient me considérer comme une femme perdue, comme une moins que rien. J'étais encore vierge, mais il ne me restait plus que cela. Si je continuais à leur accorder ces libertés, allaient-ils me laisser partir une fois la tempête apaisée ?

Je jetai un œil par la fenêtre. Du blanc, que du blanc. Le vent avait cessé, mais la neige tombait encore. La situation s'était tout de même améliorée par rapport à la veille, mais je n'allais pas pouvoir m'y aventurer avant quelque temps. La simple idée de sortir par ce temps me fit frissonner. Il n'y avait aucune échappatoire pour le moment, je n'avais pas le choix. Je ne savais même pas où ils avaient caché mes vêtements. Le poêle de la cuisine chauffait la pièce et je n'avais pas du tout froid dans cette chemise. J'avais tiré les leçons de ma mésaventure dans cette tempête – ce froid ne me prendrait plus au dépourvu.

Pour l'heure, j'étais prise au piège. Prise au piège avec ces hommes qui me considéraient et me traitaient comme une fille de joie. S'il me retrouvait un jour, Monsieur Palmer n'allait sans doute plus vouloir de moi. Un avantage certain. J'allais cependant devoir également renoncer aux autres hommes. Je n'étais plus de première main.

« Que faisais-tu dehors hier soir ? » demanda Mason en se coupant une tranche de jambon.

Je levai les yeux vers lui, me tamponnai les lèvres avec ma serviette. Je ne pouvais pas lui dire la vérité, pas entièrement. Certes, ils m'avaient sauvée d'une mort certaine, mais je n'étais pas certaine de savoir jusqu'où s'étendait l'influence de mon père. S'ils travaillaient pour lui, ou avec lui, ils me harnacheraient au premier cheval venu pour m'envoyer épouser Monsieur Palmer, encore vêtue de cette simple chemise. Non. Je ne pouvais pas prendre ce risque. Mentir était plus sûr. Je pouvais dire la vérité dans les grandes lignes, mais je ne devais pas leur révéler l'identité de mon père. Personne ne pourrait me reconnaître ni à Simms, ni dans les environs. Nolan Turner avait une fille dans le coin, mais personne ne l'avait vue dans le Montana depuis une quinzaine d'années. Maladroitement, je leur avais révélé mon vrai prénom au lit, mais rien que mon prénom. Les deux hommes me fixaient, attendant ma réponse, et j'essayai de ne pas m'éloigner trop de la vérité, sans prendre de risque.

« Je... J'allais devoir épouser un homme dont je ne voulais pas.

— Tu es fiancée ? l'interrogea Brody.

— Pas officiellement. Mon père a arrangé ce mariage dans le cadre d'une vente. Il se garantissait ainsi une bonne alliance et l'autre y gagnait une femme.

— Et qu'est-ce qui manque à cet homme ?

— La jeunesse, l'agilité et la gentillesse, répondis-je succinctement. Vous trouvez cela étrange que je puisse avoir des exigences concernant mon futur mari ? »

Brody secoua la tête. « Non, mais toutes les femmes n'en ont pas. »

Je grimaçai. « Il a plus de deux fois mon âge, il est gras, il a des bajoues à force de se goinfrer et ce qu'il comptait faire de moi me faisait froid dans le dos.

— Ah, et que comptait-il faire de toi ? » demanda Brody, la mâchoire crispée. Il passa sa main contre sa moustache naissante.

Je pâlis en me le remémorant. Monsieur Palmer s'était penché vers moi – j'avais découvert son haleine fétide – et m'avait murmuré des cochonneries à l'oreille. « Il... Il prévoyait de m'attacher à un lit et de me prendre jusqu'à ce que sa semence fasse effet. » Je fixai mes mains du regard.

« Et cette idée te répugne ? » demanda Mason.

Je relevai la tête brusquement et je le regardai en plissant les yeux, choquée. « Mais évidemment ! Tout me répugne chez cet homme.

— Donc ce n'est pas l'idée de te retrouver ligotée et baisée qui te dérange. Tu as pris le temps d'imaginer ce qu'il te proposait, de l'imaginer te baiser, encore et encore, pour te remplir de foutre. Tu t'agites sur ta chaise et il me semble évident...

— Oui, à moi aussi, fit Brody.

—... que c'est quelque chose qui t'intéresse. Mais pas avec cet homme. »

J'allais protester, mais je me ravisai. Avaient-ils raison ? Ces mots me répugnaient-ils uniquement à cause de l'homme qui les avait prononcés ? J'observai Brody et Mason qui attendaient ma réponse. L'idée que ces deux-là m'attachent au lit me... plaisait. Je frissonnai, ma... chatte s'éveillait à nouveau à cette idée. Je refusai cependant de leur révéler la vérité – qu'ils avaient pourtant devinée bien avant moi.

« Et quand ce mariage devait-il avoir lieu ? demanda Mason.

— Aujourd'hui.

— Tu as manqué de mourir dans ce blizzard pour échapper à ton mariage ? » Il me regardait avec un mélange de surprise et de colère.

Les mains entre mes cuisses, je me redressai. « Je ne savais pas qu'il devait y avoir un blizzard. Il neigeait à peine quand je suis partie, n'allez pas vous imaginer que je suis folle. Est-ce que ça vous plairait d'épouser un homme cruel, repoussant et vieux ? Je vous garantis que toutes ces caresses vous ferez crier au viol.

— Il ne te touchera pas, » grogna Mason. Il se leva en faisant grincer sa chaise contre le plancher. Ses mots trahissaient une volonté de la posséder. « Tu as failli mourir dehors. Ce type t'a pratiquement poussée au suicide. » Il désigna de la main la fenêtre de l'autre côté de laquelle la neige tombait toujours. Le temps s'était amélioré au cours de notre repas, mais il régnait encore des températures quasi arctiques.

« Ton père va partir à ta recherche. Sans toi, sa vente tombe à l'eau. » Il agrippa le dossier de sa chaise, à en faire pâlir ses phalanges.

« Les deux hommes vont venir à ta recherche, ajouta Brody.

— Oui, je ne sais pas lequel des deux à le plus à perdre. » L'intérêt que me portait Monsieur Palmer dépassait l'avarice. Il avait vu quelque chose d'unique en moi et avait fait de moi une clause de contrat bien singulière. Quand il finirait par découvrir que mon innocence avait été souillée, mon père allait sans doute piquer une colère. Il n'y avait aucune chance que je puisse rendre ces hommes heureux.

« Qui est ton père ? Si tu viens de Simms, il y a des chances que nous le connaissions. » Brody posa ses avant-bras sur la table. « D'ailleurs, il est étrange que nous ne te connaissions pas. »

C'était le moment de mentir. Je ne pouvais pas leur donner le nom de mon père. Je n'étais rentrée que depuis une semaine, mais j'avais eu le temps de comprendre toute l'étendue de son influence. Il m'avait retenue prisonnière la majeure partie de ma vie dans une école de Denver. Je connaissais la force de son emprise.

« Hiram Johns. » C'était le premier nom qui m'était venu à l'esprit, celui de mon professeur d'équitation à Denver.

Les deux hommes échangèrent un regard, mais ne prononcèrent pas un mot.

« La neige joue en notre faveur. Ils ne commenceront pas les recherches avant que le soleil ne réapparaisse. Ils ne trouveront aucune de tes empreintes sous cette neige. » Brody bascula un peu sa chaise en arrière.

« Ils vont d'abord chercher en ville et du côté de Virginia City, mais pas de notre côté. Pas au début tout du moins, ajouta Mason.

— Il nous reste au moins une journée avant qu'ils ne débarquent, » répondit Brody. Ils se regardèrent brièvement et semblèrent dialoguer sans mots.

« Il nous reste beaucoup à faire. »

Je me doutais qu'ils ne parlaient pas de l'entretien du ranch.

5

RODY

JE ME TENAIS DEVANT L'ÉVIER POUR FAIRE LA VAISSELLE ET Mason montrait à Laurel notre bibliothèque. Nous ne possédions pas énormément de volumes, mais elle y trouverait sans doute de quoi se distraire de cette tempête. L'idée de passer cette journée avec elle nous réjouissait, Mason et moi – d'autant plus que nous ne nous attendions pas à pareille compagnie. Nous étions encore sous le choc de sa présence.

L'histoire que nous avait raconté Laurel mélangeait vérité et mensonges. Nous étions certains qu'elle nous cachait quelque chose. Elle s'appelait bien Laurel. Elle nous l'avait appris alors qu'elle était encore frigorifiée et n'avait pas hésité. Elle devait sans doute bien épouser un homme dont elle ne voulait pas. Il était possible que cet arrangement fasse partie d'une vente organisée par son père. Mais le reste ne tenait pas debout. Aucun Hiram

Johns ne vivait à Simms ni dans la région. Chaque nouvel arrivant dans le coin créait un évènement et tous les habitants de Bridgewater faisaient en sorte de se tenir au courant des dernières nouvelles, particulièrement des nouveaux visages. Evers, notre ancien chef de régiment, trainait toujours dans un coin de nos crânes – nous restions aux aguets au cas où il nous retrouverait et viendrait nous chercher. Il avait collé tous ses crimes de guerre sur le dos d'Ian, tous commis lors de notre déploiement à Mohamir, un petit pays du moyen-orient, et une confrontation était tôt ou tard inévitable. Nous étions venus nous réfugier aux États-Unis et nous étions donc installés dans un coin perdu du Montana pour fonder Bridgewater. Nous nous occupions tous ensemble du ranch, notre foyer à tous. Nous restions vigilants, à l'affût du moindre danger.

Et nous savions donc que Laurel nous mentait. Nous n'obtiendrions rien de plus en la brusquant. Enfin, peut-être que si, mais elle finirait par nous détester et nous n'avions pas du tout envie de cela. Laurel devait apprendre à nous apprécier. Beaucoup. Nous allions l'épouser à la première occasion et elle nous dirait la vérité à son rythme. J'esquissai un petit sourire. Elle mentait particulièrement mal. Elle se trahirait bien assez vite.

Je rinçai la tasse à café et la posai sur un chiffon pour la faire sécher.

La réaction de Laurel à l'égard de l'homme qu'elle était censée épouser nous donnait envie de la protéger. Il n'y avait qu'une raison pour qu'un cinquantenaire veuille épouser une jeune vierge comme Laurel, une seule. D'ailleurs, tous les hommes désiraient Laurel pour cette même raison, y compris Mason et moi. Je voulais la baiser encore et encore jusqu'à enfin satisfaire mon besoin d'elle. Je l'aurais même attachée au lit comme l'autre le lui avait promis. Et je comptais bien la garder avec nous jusqu'à ce qu'elle porte notre enfant.

Nous n'étions pas sadiques. Il ne s'agissait pas de ne penser qu'à nous-mêmes. Mason et moi pensions d'abord à Laurel, à son plaisir. À ses besoins. À ses désirs. Ce bâtard l'aurait sans doute oubliée juste après l'avoir baisée, ou même pendant. En fait, vu le genre, il avait sans doute déjà une maîtresse ou deux, sans se soucier du mal qu'il pouvait causer à sa future épouse.

Elle n'avait pas eu d'autre choix que de s'enfuir. Son père et cet homme d'affaires tenaient sans doute fermement à leur arrangement – si elle n'était pas partie, Laurel serait de toute évidence mariée. À cette idée, mon estomac se noua – mon petit-déjeuner y pesait comme un lourd rocher.

Elle aurait pu mourir. Elle serait morte si Mason n'était pas allé chercher du bois de chauffage. Je ne croyais pas au destin ou à ces choses-là, mais elle était littéralement tombée à notre porte. Elle était à nous.

J'essuyai la table avec un chiffon humide, en repensant à nos premières caresses. Laurel n'était clairement pas au courant, mais nous l'avions d'ores et déjà choisie. Elle avait un corps et des formes incroyables et ma bite était dure comme la pierre. Encore. Elle avait un goût sucré, aussi délicieux que ses petits gémissements de plaisir. Sa peau douce et soyeuse me donnait envie d'en goûter davantage. La voir jouir pour la première fois avait été quelque chose que je n'oublierais jamais. Son expression lorsqu'elle avait vu ses toutes premières bites... Les nôtres. Savoir que notre semence couvrait ses seins et son ventre, c'était comme si nous l'avions déjà épousée.

Perdu dans ces pensées, je nettoyai la table avec vigueur. Je jetai un coup d'œil par la fenêtre et vis qu'il ne tombait plus que de légers flocons désormais. Le soleil brillait et faisait étinceler l'épaisse couche de poudreuse. Ébloui, j'avais du mal à regarder dehors. Je pouvais néanmoins voir l'autre bout du ranch en plissant les yeux, apercevoir les autres maisons. Un homme approchait. Il traversait la rivière à pied, le col remonté autour du cou, le chapeau enfoncé sur le crâne. Ce type, que je ne reconnus qu'au moment où il vint finalement taper ses bottes sous notre porche, n'était autre qu'Andrew.

Torchon sur l'épaule, je lui ouvris la porte. Il entra dans un tourbillon d'air froid et ferma la porte fermement derrière lui. Il accrocha son chapeau à une patère près de la porte avant de me regarder en souriant :

« Ça, pour une tempête ! » commenta-t-il.

Andrew et son ami Robert vivaient également à Bridgewater. Ils avaient épousé Ann, qui avait donné naissance à leur premier enfant deux mois auparavant. Tous deux étaient Américains, les seuls du groupe ; nous les avions rencontrés à Boston alors que nous venions à peine de débarquer en Amérique. Ian et Kane – deux autres membres de notre régiment –, avaient eux épousé Emma l'été dernier. Restait encore Simon, Rhys et Cross. Et puis, il y avait MacDonald et McPherson, deux petits nouveaux arrivés presque en même temps qu'Emma. À leur arrivée dans la région, nous nous imaginions que des hommes d'Evers venaient choper Ian. Au lieu de cela, nous étions tombés nez à nez avec le frère et un ami de Simon.

« Un mètre d'épaisseur ? devinai-je en jetant œil par la fenêtre.

— Sans doute.

— Est-ce que tout le monde va bien ? » Ann n'avait pas eu de soucis après la naissance de Christopher et le garçon se montrait plein de vie, mais cette période restait délicate pour chacun d'entre eux.

Il acquiesça. « Mis à part la fatigue, tout le monde va bien. Mais c'est à toi que je devrais poser cette question. On a entendu un coup de feu cette nuit. Vous étiez les plus proches et je me disais que ça devait venir d'ici.

— En effet, la nuit dernière a pris une tournure tout à fait intéressante. »

Il me fixa en se grattant le menton, ne sachant pas s'il devait s'attendre à une bonne ou à une mauvaise nouvelle.

« Allez, enlève tes bottes et je vais tout te raconter. »

Je lui racontai les aventures de Mason avec son tas de bois, la découverte de Laurel et cette situation épineuse.

« Je n'ai jamais entendu parler d'un Hiram Johns.

— Et moi non plus, répondis-je.

— Mais alors d'où vient-elle ? Elle n'est tout de même pas tombée du ciel. »

Je haussai les épaules. « Vu le temps qu'il faisait, elle n'a pu voyager que quelques heures, elle devait venir des environs de Simms. Pas d'inquiétude, on lui tirera les vers du nez. »

Andrew sourit. « Je n'en doute pas. »

Je lui tapotai l'épaule. « C'est la bonne, Andrew. »

Surpris, il haussa les sourcils. « Vous êtes sûrs ?

— Oui, certains. Je ne vais pas la brusquer, ça ne servirait à rien. Je veux qu'elle se montre docile. Pour qu'elle soit prête, il faut qu'elle commence son entraînement dès maintenant. »

Andrew eut l'air surpris et il alla poser ses bottes devant le poêle en fonte. « Vous l'avez baisée ? »

Je fronçai les sourcils. « Bien sûr que non. »

Il leva les mains en signe de capitulation.

« Nous savons nous tenir et nous allons attendre qu'elle soit vraiment à nous avant d'y penser. Mais ça ne veut pas dire que nous ne pouvons pas lui montrer quelques ficelles. »

MASON

. . .

Pas moyen que je la laisse remettre cette putain de robe. La voir porter ma chemise me donnait l'impression que je la possédais déjà. Que nous la possédions. Savoir qu'elle ne portait rien en dessous, que ses jolis tétons pointaient contre le tissu, que les boucles rousses de sa chatte se trouvaient à quelques centimètres de moi, tout cela me faisait bander. Merde, je venais à peine de lui gicler dessus et je bandais déjà. Nous l'avions marquée. En plus de son parfum floral et sucré unique, elle sentait le sexe. J'avais hâte de jouir en elle, de remplir sa chatte délicieuse de mon sperme. Et bien sûr, Brody ressentait la même chose.

Avant de partir, Andrew nous avait invités à dîner chez lui. Une bonne chose, cela permettrait à Laurel de découvrir la dynamique qu'Ann entretenait avec ses deux maris. Peu importait son passé, Laurel allait devenir notre femme. Elle mentait très mal. La moindre émotion se lisait sur son visage – l'indécision, la méfiance et même la tromperie. Oui, elle essayait de nous tromper et de garder ses secrets.

« Que penses-tu de tout ça ? » demandai-je à voix basse. Laurel se trouvait dans la salle de bain. Nous étions en train de ravitailler les cheminées et les poêles pour garder la maison au chaud.

Il leva les yeux vers le plafond comme s'il pouvait la voir à travers. « Je crois tout sauf le nom de son père. Jamais entendu parler de lui.

— Moi non plus. Si elle s'est enfuie, sans doute qu'elle ne ment pas pour le protéger lui, elle se protège elle-même. Mais pourquoi ? Nous l'avons sauvée d'une mort certaine. Nous ne lui ferions pas de mal. »

Brody haussa les épaules. « Mais ça, elle ne le sait pas encore. »

Je fronçai les sourcils. Jamais nous ne ferions de mal à une femme. Jamais. Tous les habitants de Bridgewater protégeaient les femmes. Les chérissaient. « Alors nous devons le lui montrer. Elle est tellement belle. » Je passai la main dans ma barbe. « Avec cette chevelure incandescente, nous l'aurions su si elle vivait dans les environs. »

Brody acquiesça. « Tous les hommes dans un rayon de cent kilomètres lui courraient après.

— Heureusement que nous l'avons trouvée avant.

— Mais d'où vient-elle ? »

Je n'obtins aucune réponse. Seule Laurel le savait.

« En tout cas, elle est à nous, grogna Brody.

— Aucun doute. Alors on attend juste qu'elle veuille bien nous raconter son histoire ? »

Brody ouvrit le poêle de la cuisine, y fourra une bûche et le referma. Il jeta le torchon utilisé pour protéger sa main sur la table. « Est-ce que son passé a vraiment de l'importance ? »

Je secouai la tête. « Je préfère entamer sa formation plutôt qu'un interrogatoire, pas toi ?

— Bon sang, oui. J'en ai déjà touché deux mots à Andrew avant son départ. Il nous aidera comme il peut. »

Une heure après cette conversation, je menai une Laurel bien couverte chez Andrew et Robert. Son manteau était encore humide et ses bottes n'avaient plus de lacets, alors nous l'avions simplement serrée sous une couverture pour la tenir au chaud le temps du trajet. Le voyage était court, à peine cinq minutes, mais l'air était vif et le soleil déjà couché n'offrait aucune chaleur supplémentaire. Le trois époux nous accueillirent à la porte et nous débarrassèrent de nos affaires, l'odeur du ragoût et du pain en train de cuire emplissait l'air. Un feu crépitait dans la cheminée et nous procurait une chaleur confortable. Depuis leur mariage avec Ann, la maison était devenue un véritable foyer.

« C'est bon de te revoir, Laurel, dit Andrew. Puis-je te

présenter Robert et notre femme, Ann ? Christopher est dans son berceau en train de faire la sieste. »

Robert avait les cheveux noirs et une barbe semblable à la mienne, mais il était plus petit et plus trapu que moi. Les cheveux d'Ann étaient d'un blond pâle. Depuis la naissance de Christopher, sa silhouette fine s'était épanouie et révélait désormais des formes généreuses.

« Bonjour, » répondit timidement Laurel. Elle se tenait là, vêtue de ma chemise et d'une paire de chaussettes appartenant à Brody, ses cheveux coiffée en queue de cheval étaient maintenus en place par un bout de corde.

« J'ai entendu dire que tu avais vécu une sacrée aventure, » dit Ann en regardant Laurel avec un franc intérêt. Il y avait peu de femmes dans les environs – Ann n'avait qu'Emma comme camarade.

« Nous espérions vous emprunter des vêtements, si cela ne vous dérange pas, » lui dis-je.

Ann sourit. « Est-ce que tu veux monter et voir ce que nous avons en stock ? Le bébé va dormir encore un peu et les hommes vont rester là pour le surveiller. »

Laurel se tourna vers Brody, puis vers moi pour se rassurer.

« Les autres seront bientôt là. » Quand elle fronça les sourcils, confuse, j'ajoutai : « Les autres personnes qui vivent ici à Bridgewater. Les repas se déroulent généralement chez Ian et Kane, mais nous les organisons désormais ici à cause du bébé et du temps. Tu peux accompagner Ann, chérie. »

Brody acquiesça et les deux femmes quittèrent la pièce. Nous entendîmes leurs pas dans l'escalier. Cela me faisait plaisir de la voir nous demander notre approbation, même si nous n'étions pas hommes à attendre qu'une femme cède à toutes nos décisions. Nous voulions une Laurel soumise.

« Elle est adorable, commenta Andrew.

— Vous avez déjà entendu parler d'un certain Hiram Johns ? » demanda Brody.

Robert nous indiqua les chaises qui faisaient face à la cheminée. Alors que nous nous installions, il répondit. « Andrew m'a raconté l'histoire de Laurel. Ce nom ne me dit rien. »

Ils étaient tous du même avis que moi : elle mentait. Ce n'était pas juste un sentiment de ma part. C'était évident pour tous. Je me penchai en avant, avant-bras contre les cuisses. « Si elle ment, c'est peut-être pour le protéger. » Je ne voulais pas y croire.

« Elle s'est enfuie. Je pense qu'elle ne protège qu'elle-même, reprit Brody.

— S'il l'a vraiment vendue, il va venir la chercher, dit Robert.

— Peu importe son nom, marmonna Andrew.

— Nous serons prêts, » jurai-je.

6

LAUREL

« J'AI D'ABORD ÉTÉ SURPRISE. JE PENSAIS N'AVOIR ÉPOUSÉ qu'Andrew et j'ai très vite découvert que Robert était également mon mari, » me dit Ann tout en m'apportant une robe. Nous nous trouvions dans sa chambre, celle qu'elle partageait avec ses deux hommes. Cette pièce n'avait rien d'extraordinaire, contrairement à leur mariage.

« Tu t'imaginais un jour épouser deux hommes ? »

Elle secoua la tête et sourit rêveusement. « Oh bien sûr que non. Je ne connais pas d'autres endroits, à part Bridgewater, où il est possible d'épouser plusieurs maris. Je... Je suis heureuse. Très heureuse. Mes époux sont très attentionnés. » Elle me tendit la robe.

« Merci. Mason et Brody ont arraché mon corset en me secourant hier soir. » Mon Dieu, qu'allait-elle penser, je m'empressai de continuer : « Mes vêtements étaient couverts de neige. J'ai bien peur qu'ils ne soient irréparables. » Je pressai la robe contre ma poitrine. « Tu es bien plus petite que moi. Je ne suis pas certaine que quelques altérations vont suffire.

— Non, en effet, sans doute pas. Tu es grande et pulpeuse – c'est vrai que je n'ai pas encore perdu les kilos en trop pris au cours de la grossesse, mais... »

Malgré ces kilos superflus, elle était ravissante. Elle avait des traits nobles et délicats, une peau pâle. Elle était calme, douce et bien dans sa peau.

Elle s'approcha d'une commode et en ouvrit le tiroir du haut, puis celui du bas. « Voilà une jupe et un haut. Peut-être qu'ils iront mieux. »

Elle comme moi n'étions pas convaincues, je l'entendais au son de sa voix. Je pliai les vêtements contre mon bras en l'écoutant.

« Brody et Mason sont des hommes bien. Tu seras heureuse avec eux. »

Je restai bouche bée. « Je ne les ai pas épousés et je ne le ferai pas. Ils m'ont simplement sauvée d'un blizzard. »

Ann fronça les sourcils. « Oui, Andrew m'a parlé de ta situation. Tu as eu de la chance. Mais ce sont des hommes d'honneur.

— Je... Je ne peux pas en être aussi certaine que toi, je les connais à peine, » répondis-je. Nous avions pourtant partagé des choses au lit qui créaient un certain niveau d'intimité.

« Tu peux me faire confiance. Brody et Mason sont tout ce qu'il y a de plus honorables et ils prendront grand soin de toi. » Elle me fit un grand sourire. « Alors tout est réglé. Je veux dire, tu as passé la nuit avec eux et...Oh ! » Ann baissa les yeux, deux taches humides étaient apparues sur sa robe.

« Qu'est-ce qui t'arrive ? demandai-je, ignorant la nature de l'incident.

— J'ai une montée de lait. Il m'en vient tellement que le

petit Christopher ne peut pas tout avaler. Prends les vêtements et allons rejoindre les autres. »

Je suivis Ann et, à notre retour dans la pièce principale, les hommes se levèrent. Deux nouveaux venus avaient rejoint le groupe.

« Mon lait, » dit Ann, à bout de souffle.

Andrew et Robert encerclèrent Ann. « Allons dans la pièce d'à côté. » Bien qu'ils se soient installés dans le bureau et que nous ne puissions pas les voir, la voix d'Andrew résonnait jusqu'à nous. « Assieds-toi sur les genoux de Robert et il va s'occuper de toi. »

Mason et Brody s'approchèrent de moi, Mason me prit des mains les vêtements qu'Ann venait de me prêter et les pendit au dossier d'une chaise. « Laurel, je te présente MacDonald et McPherson, deux autres membres de notre régiment. »

Ils étaient tous deux grands et robustes – comme s'ils désiraient nous cacher le soleil. Ils avaient des cheveux longs et hirsutes, des traits marqués et le regard aimable. Ils se contentèrent de m'adresser un signe de tête avant de s'asseoir.

Je me sentais un peu idiote, debout au milieu de la pièce, vêtue de la chemise de Mason et entourée d'un groupe d'inconnus. Regardant de droite à gauche, je cherchai un endroit où m'asseoir, mais avant que je ne fasse un geste, un main saisit la mienne et me tira contre des cuisses fermes. « Sur mes genoux, » me murmura Mason à l'oreille, sa barbe me chatouillait. Il me serra dans ses bras, me maintenant en place.

« Est-ce qu'ils te font mal, mon cœur ? dit Robert dans l'autre pièce.

— Oui, ils n'en finissent pas de donner du lait.

— Alors je vais m'en occuper. »

Ann gémit et je jetai un œil en direction de Mason.

« Il faut bien qu'il lui pompe ce lait. Christopher dort et il a déjà mangé, c'est donc à Andrew et Robert de s'en charger. »

Je fronçai les sourcils, perplexe.

« Robert est en train de boire le lait à son sein. »

Cette idée aurait dû me mettre mal à l'aise, mais elle parût en fait presque érotique. Que les maris d'Ann se plient en quatre pour assouvir ses besoins créait entre eux un lien enviable. Brody m'avait caressé la poitrine tout à l'heure et l'idée qu'il presse ses lèvres à cet endroit me fit durcir les tétons sous l'épais tissu de la chemise de Mason.

« Nous ne devrions pas écouter ça, murmurai-je à Mason. C'est une situation intime. »

Il secoua la tête. « C'est bien pour cela qu'ils l'ont accompagnée dans la pièce voisine. N'oublie pas, les besoins d'une femme viennent avant tout. »

Je ne comprenais pas en quoi les écouter pouvait aider Ann, mais elle n'avait pas l'air de s'inquiéter de notre proximité. À vrai dire, à en croire les bribes qui s'échappaient de l'autre pièce, elle paraissait en profiter pleinement.

« Elle mouille, Andrew, » dit Robert.

Je me sentis mal à l'aise cette fois – Mason avait dit exactement la même chose à Brody à mon sujet et je me rappelai exactement où se trouvaient ses mains au même instant, ce que j'avais ressenti.

« Nous ne l'avons pas baisée depuis la naissance du bébé. Il faut rester patient et attendre qu'elle se remette physiquement avant de remettre ça.

— Je t'en prie, Robert. Tu sais que ça m'excite quand tu poses ta bouche contre ma poitrine. J'ai besoin que tu me baises, je n'en peux plus, » gémit Ann, visiblement désespérée.

Je me sentais mal à l'aise de les écouter, mais à vrai dire je me sentais également... excitée. Entendre Ann prendre plaisir aux caresses de Robert me rappelait celles de Mason et Brody. Ils avaient été doux, mais très persuasifs, ma... ma chatte vibrait encore des caresses de Mason. Ils m'avaient assuré qu'ils ne me défloreraient pas avant le mariage, mais les supplications d'Ann qui exigeait qu'on la pourfende me crispaient, mon sexe réclamait son dû. En femme mariée, Ann savait ce qu'elle voulait. Ce qu'elle désirait. Elle avait déjà accueilli une bite, même deux.

Je n'en étais pas encore là. Je découvrais des envies qui ne m'avaient jamais traversé l'esprit auparavant. Brody et Mason avaient éveillé ce désir en moi. Je désirais qu'ils me touchent, qu'ils m'ouvrent de nouveaux horizons. Je voulais tout ce qu'Ann possédait, mais la relation qu'elle entretenait avec ses maris, leur union, me paraissait plus forte que ce que j'imaginais pouvoir vivre avec Brody ou Mason.

« Non, ma puce. Tu n'as pas ton mot à dire, lui dit Andrew. Ce sont tes maris qui décident quand ils te baiseront. On fait très attention, parce qu'on ne veut pas blesser ton petit minou. Tu nous as offert le plus beau cadeau imaginable et on tient à prendre soin de toi. On ne t'a pas assez donné de plaisir autrement ?

— Si, répondit-elle, déçue.

— Tu es ravissante avec ces gouttes de lait qui perlent à ton mamelon. Je vais boire à ton sein pendant que Robert te fera jouir. »

Ann poussa bientôt des cris de plaisir. Avais-je crié de cette même manière ?

« Tu ne trouves pas que c'est un bruit merveilleux ? murmura Mason à mon oreille. Deux maris qui prennent soin de leur femme ? Elle ne se sentait pas bien et ils l'ont aidée. Ils ne désirent qu'une chose, la savoir heureuse et satisfaite. » Je sentais son souffle chaud, ses lèvres caressant le haut de mon oreille. Il embrassa ensuite mon menton, puis mon cou. Je fermai les yeux et profitai de ces douceurs.

Les intenses gémissements de plaisir d'Ann me tirèrent de mes rêveries. Je rougis de m'être si vite abandonnée aux mœurs étranges de Bridgewater. Je savais bien que le reste du monde ne partageait pas ces pratiques ; Denver était une grande ville et je n'avais pourtant jamais entendu parler de mariages à plusieurs ou des devoirs intimes d'un époux.

Une minute plus tard, Andrew reparut dans le séjour, s'essuyant les lèvres d'un revers de main. « Le dîner doit être prêt. » Il parlait comme s'il ne venait pas de téter les seins d'une femme. J'en étais étonnée, mais je ne sortais plus d'un étonnement permanent depuis quelque temps.

« Je vais t'aider, » dit Brody en lui emboîtant le pas. Tous les autres suivirent également et je me retrouvai seule avec Mason.

Il me tourna vers lui, tout en me maintenant sur ses genoux. Ses mains agrippèrent mes seins et j'en eus le souffle coupé, sachant qu'il allait découvrir mes tétons durcis. « Les aventures d'Ann t'excitent. »

Il s'agissait d'une affirmation, pas d'une question. Je sentis mes joues s'empourprer et m'efforçai de fuir son regard perçant. Je secouai timidement la tête.

« Laurel, tu as beau nier, ton corps lui ne ment pas. »

Comment pouvait-il connaître mes désirs ? Je ne faisais moi-même que les découvrir.

« Regarde, » dit-il en indiquant ses genoux. À l'endroit où je me trouvais assise quelques instants plus tôt, je découvrais une tache humide. « Ta chatte a trempé mon pantalon. »

Je sursautai et me levai pour prendre la fuite, pour aller me cacher quelque part, mais il m'attrapa par la taille et m'immobilisa entre ses jambes. Ses mains glissèrent jusque derrière mes cuisses et remontèrent pour agripper mes fesses. Dans cette position, je ne pouvais pas ignorer la tache sur son pantalon et je pouvais sentir des gouttes me couler le long des cuisses. Je mouillais. Impossible de le nier. Je ne voulais pas être excitée, pas si cela voulait dire que j'aimais écouter des étrangers forniquer. Pas si cela voulait dire que je désirais les mêmes choses. Que je désirais voir Mason me prodiguer les plus intimes des caresses. Je ne pouvais pas l'accepter !

Ma vie tenait à cet horrible mensonge. S'ils découvraient qui j'étais réellement, ils me renverraient chez mon père. Une fois que Mason et Brody auraient raconté à tout le monde quel genre de femme j'étais, personne n'allait plus jamais vouloir de moi. Je deviendrai une paria. Mieux valait nier ces émotions, montrer que je n'aimais rien de tout cela, que j'étais indifférente. De cette manière, le moment venu, ils ne pourraient rien me reprocher, ils m'y auraient forcé. Peut-être pourrais-je ainsi trouver un mari. Mais je me berçais d'illusions. Personne ne s'intéresserait jamais à moi. Ils avaient tous à l'esprit leur propre intérêt, leur profit. Mon père. M. Palmer. Je n'étais qu'un simple pion.

Je me délectai peut-être des ébats d'Andrew, Robert et Ann parce que j'y voyais deux hommes balayer leurs envies au second plan. Pour la première fois, je découvrais l'abnégation, alors que je n'avais goûté jusque-là qu'à l'égoïsme.

MASON

« TU N'AS PAS À AVOIR HONTE, MA BELLE. JE SUIS HEUREUX DE savoir que posséder deux hommes te plairait. » Je la serrai un peu plus fort contre moi. « Tu te rends compte comme je bande ? »

Elle écarquilla les yeux, surprise par mon excitation. J'ajustai mon pantalon qui comprimait ma trique. Quand elle en avisa la taille, elle s'humecta les lèvres. J'allais très vite jouir dans mon froc si je ne trouvais pas le moyen de penser à autre chose. Sa chatte contre ma cuisse avait été une véritable torture, ses tétons dressés contre ma paume un délice, mais sentir sa chatte mouillée me rendait complètement dingue. Je ne pouvais pas m'empêcher de dévisager Laurel.

D'un pouce, je remontai lentement sa chemise afin de révéler sa magnifique chatte. Une fois le tissu passé au niveau de ses hanches, je n'en loupai plus une miette.

« Mason, siffla-t-elle en regardant dans tous les coins de la pièce.

— Tu es magnifique comme ça, tout excitée, tes cuisses couvertes de ton jus. Tu sais ce que j'aimerais ? » Elle croisa mon regard. « J'aimerais y goûter.

— Bien le bonjour ! » cria Simon. J'entendis la porte d'entrée se refermer derrière lui, ses bottes frapper contre le sol.

« On est là, » répondis-je. Laurel se crispa entre mes mains, paniquée. Je laissai la chemise retomber et couvrir ses secrets. Elle se détendit, soulagée, et tira le tissu jusqu'au niveau de ses cuisses, comme par un regain de pudeur.

Du coin de l'œil, je vis les autres entrer. « Simon, Rhys et Cross, je vous présente Laurel.

— Oui, on a entendu parler de ton accident, dit Rhys à Laurel. On est heureux que tu ailles mieux. »

Laurel acquiesça, mais ne prononça pas le moindre mot.

« J'ai croisé Kane. Ils vont rester chez eux pour le dîner. »

J'écoutai les mots de Simon, mais j'observais Laurel. L'expression de son visage me rappelait celle d'un enfant pris la main dans le sac – nos amis avaient bien failli la découvrir nue. Elle ne portait que ma chemise, mais je n'étais pas disposé à leur en montrer davantage.

Sans passer la porte, Andrew lança : « Vos bols de ragoûts sont servis. Dépêchez-vous de vous mettre à table pendant que c'est chaud.

— Je pense que je vais rester ici et me délecter du minou de Laurel. » Elle résista à la pression de Brody, mais il ne céda pas.

« Viens, ma puce, tu peux t'asseoir à côté de moi. » Brody se leva et lui sourit. Il avait l'air détendu, calme, et parlait d'une voix apaisante. Elle lui adressa un simple signe de tête et se laissa guider vers la salle à manger, en balançant les hanches.

Ann et Robert firent leur retour. Ann avait les cheveux en bataille et les joues un peu rosies. Ils jetèrent tous deux un œil au bambin dans son berceau, s'assurant que tout allait bien avant de quitter la pièce.

Simon, Rhys, et Cross restèrent avec moi.

« Vous allez l'épouser alors ? » demanda Simon en parlant de Laurel.

J'acquiesçai. « Tu ne le ferais pas ?

— Oh que si !

— Andrew vous a tout raconté ? »

Les trois hommes me le confirmèrent. « Une femme ne s'enfuit pas comme ça, à moins d'être volage ou effrayée, commenta Cross.

— Elle n'est pas volage, répondis-je.

— Dans ce cas, vous n'êtes certainement pas les seuls à vouloir mettre le grappin dessus, conclut Simon.

— Qu'ils essaient. » Je tapotai l'épaule de Simon en me dirigeant vers la salle à manger. « Qu'ils essaient seulement. »

7

LAUREL

PENDANT LE REPAS, JE PASSAI UN MOMENT EMBARRASSANT, entourée d'hommes et vêtue d'une simple chemise. J'aurais dû me douter que les robes d'Ann ne m'iraient pas. J'allais essayer de les reprendre, mais elles ne m'étaient d'aucune utilité pour le moment. Depuis mon arrivée, j'avais visiblement perdu tout contrôle sur mon corps. Il se liquéfiait littéralement ! Cela ne m'était jamais arrivé avant de rencontrer Mason et Brody. Cela n'avait rien de normal.

Une conversation se tissait autour de moi, mais je n'avais rien à y ajouter, ni envie d'attirer l'attention. Je me sentais déjà mal à l'aise de leur exposer mes jambes. Les membres de ce groupe étaient sympathiques et composaient une véritable famille. Ils se lançaient des plaisanteries et enchaînaient les anecdotes sans jamais manquer de faire passer le pain ou la carafe d'eau. Seuls Andrew et Robert parlaient comme des Américains, tous les autres avaient un accent – McPherson et

MacDonald étaient les plus difficiles à comprendre. Quand Brody se pencha pour me dire que McPherson et Simon étaient frères, la ressemblance me frappa. Je me demandais pourquoi le premier se faisait appeler par son nom de famille et pas l'autre, mais je n'osai pas demander.

Le ragoût était délicieux, mais je n'avais pas grand appétit. J'avais réussi à échapper à M. Palmer et à mon père, mais j'étais tombée entre les mains d'un groupe entier d'hommes et j'allais devoir m'en extirper. Ces hommes ne s'étaient plus quittés, d'après les dires de Mason, depuis leur engagement dans l'armée. Je ne pouvais pas rester à Bridgewater et continuer à leur mentir à tous. Mason et Brody s'amusaient de mon corps, mais cela ne pouvait pas durer. J'en serais devenue une fille légère, acquiesçant au moindre de leur souhait. Je m'étais retrouvée nue au lit avec eux ! Pire encore, j'étais attablée presque nue au milieu d'étrangers !

J'aurais voulu me lever et partir en courant, mais je n'avais rien à me mettre sur le dos. Ni chaussures. Ni manteau. Je pourrais faire dix mètres à peine dans cette neige avant de devoir renoncer. Un scénario inimaginable. Des larmes me nouaient la gorge, m'empêchant d'avaler ma bouchée de ragoût. Je bus une gorgée et croisai le regard d'Ann, assise à l'autre bout de la table, qui parlait à Robert en souriant. Ce mariage à trois avait l'air de lui convenir ; elle ne trouvait visiblement rien à redire à cet arrangement. Quelque chose clochait-il chez moi ?

Était-ce là le bon comportement d'une épouse ? Ils paraissaient tous accoutumés à ces pratiques, à ces mœurs mohamiriennes qu'ils avaient adoptées. Tous sauf moi. La société nous imposait une certaine retenue et la vie à Bridgewater allait à l'encontre de tout ce que j'avais appris. Je n'avais pas ma place ici. Je ne rentrais pas dans leur moule.

Je n'avais à vrai dire ma place nulle part. J'étais déjà trop vieille pour retourner à l'école et je savais désormais que je n'y étais restée si longtemps qu'à cause des sommes folles dépensées par mon père. J'avais récemment découvert qu'il avait même payé un supplément pour qu'aucun prétendant ne s'approche de moi, sachant très bien qu'il aurait besoin un jour de me rapatrier à Simms. Il s'était finalement décidé et il m'aura fallu à peine une semaine pour me rendre compte que je n'avais pas ma place avec lui non plus.

J'étais bel et bien perdue, sans échappatoire possible.

J'essayai vainement de réprimer les larmes qui me brouillaient la vue. Elles coulèrent le long de mes joues et s'écrasèrent contre la chemise de Mason. Je posai discrètement ma fourchette et fixai mon assiette devenue floue.

« Ma puce, qu'est-ce qui ne va pas ? » demanda Brody. Il s'était penché et avait murmuré ces mots à mon oreille – son souffle chaud, sa voix douce et inquiète.

Je secouai la tête, mais n'arrivai pas à arrêter de pleurer. En le regardant dans les yeux, je dis à Brody : « Je... Je ne peux pas faire ça. Je n'ai pas ma place ici. »

Le silence envahit la pièce. Sans le vouloir, je venais d'attirer leur attention à tous et mes larmes coulaient de plus belle. Je reculai ma chaise avant de me lever. Tous les hommes assis autour de la table se levèrent également, mais seuls Mason et Brody m'accompagnèrent dans la pièce voisine. J'y découvrais le bébé endormi – pas le meilleur endroit pour faire une scène.

Je séchai mes larmes du bout des doigts et murmurai : « Est-ce qu'on peut partir, s'il vous plaît ? »

Les deux hommes, d'une taille impressionnante. se tenaient devant moi. Ils étaient magnifiques, surtout quand ils arboraient ces expressions inquiètes et protectrices. « Bien sûr, » répondit Mason. Ils agirent vite. Brody retourna dans la salle à manger, Mason attrapa son manteau. Un bref instant plus tard, Brody nous rejoignit et saisit son propre manteau pendu près de la porte d'entrée. Mason ramassa la couverture et m'emmitoufla. Brody récupéra le chemisier et la jupe qu'Ann m'avait donnés, qui me parurent minuscules entre ses grandes mains viriles.

Ils travaillaient en équipe et, après quelques secondes, Mason me souleva dans ses bras pour me ramener chez eux. Bercée par le bruit de leurs bottes dans la neige, je réfléchissais à ce qu'ils m'avaient dit à propos de Robert, d'Andrew et d'Ann. Les besoins d'Ann étaient leur priorité. Ils s'occupaient d'elle avant tout le reste. Ils s'étaient interrompus en pleine conversation pour l'aider. Rien d'autre ne comptait à leurs yeux. Ce concept me séduisait beaucoup. Personne ne s'était jamais soucié de moi comme cela. Personne ne s'était jamais intéressé à moi. L'amour qu'ils se témoignaient me réchauffait et me déchirait le cœur tout à la fois, car je savais désormais tout ce qui me manquait.

BRODY

Laurel avait paniqué. Elle avait été excitée, aucun doute là-dessus, mais nous l'avions peut-être trop poussée. Les pratiques mohamiriennes nécessitaient certes un certain ajustement, mais peut-être qu'autre chose la préoccupait. Tant que nous ne l'aurions pas mise à nu, physiquement et mentalement, tant que nous ne la connaîtrions pas entièrement, nous ne pourrions pas l'aider. Au lieu de la poser à l'entrée, Mason la monta directement dans sa chambre pour la mettre au lit. Tendrement. Délicatement.

Je lui emboîtai le pas et, après avoir enlevé nos manteaux, nous nous installâmes tous deux à côté d'elle. Pour avoir un meilleur accès à son corps fascinant, nous fîmes glisser la couverture qui la dissimulait – la chemise de Mason ne lui couvrait même plus les cuisses.

Elle tira dessus, mais nous lui attrapâmes les mains pour l'en empêcher. Ses yeux verts s'animèrent de colère et d'inquiétude mêlées.

« Qu'est-ce qui te met dans cet état ? demandai-je en caressant sa cuisse soyeuse.

— Je... Je n'aime pas qu'on me regarde comme ça, murmura-t-elle. Je n'avais encore jamais montré mes chevilles en public et cette situation m'étais insupportable.

— Ta franchise t'honore. (Mason lui adressa un léger sourire.) Et pourtant tu aimes écouter Ann profiter de ses deux maris. Ton corps ne nous a pas menti. »

Ses joues s'empourprèrent.

« Peut-être, mais je n'aime pas partager ces choses-là... avec d'autres. » Elle coinça le bout de la chemise entre ses cuisses. Elle en faisait un bouclier qui devait protéger tant bien que mal sa vertu. Nous lui avions déjà volée – sa vertu, pas sa virginité –, il ne s'agissait donc que d'un excès de pudeur. Nous ne le lui reprochions pas. Pas cette fois.

« Tu n'aimes pas savoir que les autres hommes te trouvent à leur goût ? »

Elle détourna le regard.

« Tes besoins sont notre priorité, ma puce. Nous n'aimons pas te voir contrariée et tu seras vêtue convenablement à l'avenir. Tu dois bien comprendre que jamais nous ne te partagerions avec les autres, jamais, » jura Mason. Il attrapa les doigts de Laurel qui agrippait encore sa chemise. « Ton corps nous appartiendra à nous seuls. »

En commençant par les boutons du bas, il commença à lui retirer son seul vêtement, révélant d'abord sa chatte, puis son nombril et enfin sa poitrine voluptueuse. Quand il écarta les deux pans de la chemise, elle se retrouva complètement exhibée entre nous.

« Tu es ravissante, ma belle. Allonge-toi, » murmurai-je en appuyant contre son épaule pour qu'elle se laisse tomber en arrière. Elle était nerveuse, effrayée même. Tout était notre faute – nous ne nous étions pas aperçus que sa pudeur étouffait son excitation. C'était donc à nous d'y remédier. Je me glissai au pied du lit et m'agenouillai. Je lui attrapai les genoux et la fit glisser jusqu'au bord du matelas. Je posai ses jambes contre mes épaules, l'une après l'autre.

Laurel se redressa pour me regarder. Elle écarquillait ses yeux verts, perdue. « Brody, qu'est-ce que tu fais ?

— Je te goûte. » Je ne prononçai pas un mot de plus, me contentai d'écarter ses petites lèvres du bout des doigts, d'approcher mes lèvres de sa chatte et de la lécher. Son minou mouillait et elle se cambrait à chacun de mes coups de langue. Je trouvai bien vite son clito.

« Brody ! » gémit-elle sous mes caresses. Encore et encore. Ses doigts s'agrippèrent à mes cheveux, s'y emmêlèrent – elle tirait dessus, me tirait à elle. Mason lui souleva le genou droit et le posa contre ses cuisses, de manière à profiter pleinement de la vue.

Nous avions convenu qu'il n'y aurait pas de pénétration pour l'instant, mais cela ne m'empêchait pas de la caresser du bout des doigts, de la taquiner. Toutes ces attentions la rendaient visiblement folle de plaisir.

« Tu aimes qu'on te lèche la chatte ? Tu aimes ce que te fait Brody ? Ah oui, tu aimes qu'on te pince les tétons, pas vrai ? » Mason lui caressait la poitrine et lui titillait les tétons, veillant au plaisir croissant de Laurel.

Au moment de jouir – elle se laissait aller sans se faire prier –, elle me planta son talon dans le dos. Sa chatte se crispa autour de mon doigt, comme si elle voulait l'y sentir, comme si elle mourrait d'envie d'être baisée. Son jus me couvrait la main. Je continuai à lécher, à sucer sa chair tendre jusqu'à ce que ses muscles se détendent et qu'elle s'abandonne complètement, tâchant de reprendre son souffle – elle m'excitait intensément.

Je lui baisai la cuisse avant de me reculer, je lui attrapai les chevilles et plaçai ses pieds au bord du lit. J'acquiesçai en direction de Mason. Il alla fouiller dans la commode, ramena le plug anal et le pot de lubrifiant. Il prit ma place entre les cuisses écartées de Laurel, profitant d'une vue plongeante.

« Tu vois ça, ma puce ? » Je lui montrai l'objet. Elle avait encore le regard embué, la peau rosie, la poitrine couverte d'un voile de sueur. « Ce jouet va te faire du bien. »

Elle grimaça légèrement. Je plongeai mes doigts dans le lubrifiant et en badigeonnai le plug. « C'est Rhys qui les fabrique. En plus d'être un charpentier d'exception, il imagine ces godemichets et d'autres jouets de ce genre. C'est un maître de la ponceuse. » Elle fronça les sourcils. « Cela ne sert pas qu'à enlever les échardes. »

Je tendis le plug à Mason.

« Celui-ci est minuscule et très fin, mais il a deux bosses arrondies. Tu vois ? » Mason le lui présenta avant de le lui coller contre sa petite rondelle.

Elle comprit très vite. « Mason !

— On ne peut peut-être pas te baiser, on te l'a promis. Par contre, on va s'amuser avec ton cul et cet exercice va t'y préparer. »

Laurel secoua la tête pour manifester son désaccord. « Pourquoi faîtes-vous ça ? » Elle grimaça quand Mason poussa le plug contre son trou.

« Parce que ça va te faire du bien et que tu vas adorer sentir nos bites en toi. »

Elle écarquilla les yeux.

« Détends-toi, mon Ange. Regarde-moi. C'est ça. Inspire profondément, puis expire. C'est bien.

— Continue comme ça, Laurel, » ajouta Mason tandis qu'il lui enfonçait le plug. Le jouet était long et fin – plus fin même que mon petit doigt. L'extrémité était un peu plus épaisse et une autre section arrondie se trouvait deux centimètres plus loin. Nous avions demandé à Rhys de nous créer ce plug, une sorte d'initiation au plaisir anal. « Tu te débrouilles merveilleusement bien ! » Mason passa le doigt autour du plug, lui caressant l'anus au passage.

Sur le visage de Laurel se lisait à nouveau la surprise.

« Tu vois ? lui demandai-je. Ça fait du bien, non ? »

Elle ne répondit pas, mais sa respiration se fit plus forte quand Mason commença ses va-et-vient avec le plug, histoire de lui faire sentir les reliefs du jouet. Tandis qu'il s'affairait, je me penchai vers elle pour l'embrasser. Je ne pouvais pas résister. Elle semblait douce et innocente ; je sentais les saccades de sa respiration, les gémissements qu'elle laissait échapper. Sa langue rencontra la mienne, timidement d'abord, mais elle se montra vite plus vorace. Je soupesai un de ses seins et caressai son téton du pouce pendant que Mason lui réjouissait le clito.

Elle tressaillit, gémit contre ma bouche, elle se cambra et pressa sa poitrine contre ma paume. Elle n'en finissait plus de jouir et je relevai la tête pour l'observer. Belle, parfaite. Mason ralentit ses mouvements avant de s'immobiliser complètement. Je ne pouvais plus attendre. Mon sexe gonflé se pressait contre mon pantalon. Je m'agenouillai en défaisant ma boucle de ceinture et ma braguette, libérant ainsi ma trique.

« Mets-toi à quatre pattes, mon cœur, » lui dis-je d'une voix rauque. Mason l'aida à se retourner et lui releva les hanches vers l'arrière. Le plug était toujours en elle et lui sortait légèrement du cul. Je plaçai mon gland contre ses lèvres. « Ouvre. »

Les yeux verts et pleins de désir de Laurel fixaient ma bite.

« Ouvre la bouche, répétai-je. Lèche-moi le gland.

— Pourquoi ? Pourquoi tu fais ça ? » demanda-t-elle. Il n'y avait aucune chaleur dans ses paroles – elle ne comprenait visiblement pas comment nous pourrions lui faire du bien de cette manière.

« Pour te faire du bien, lui dis-je. Tu n'aimes pas cela ? Tu ne veux pas jouir une nouvelle fois ? »

Elle acquiesça, le bout de son nez heurta ma bite et je soupirai. « Tu jouiras de tant de manières différentes. Pas seulement grâce à nos doigts. Tu prendras ton plaisir en te faisant enculer. Tu jouiras en nous suçant. Et puis, tu finiras par jouir quand nous te baiserons. Fais-nous confiance, on te donnera toujours du plaisir. C'est bien. Suce-moi et Mason te fera jouir. »

Mason la ramona avec le plug et elle miaula. De sa main libre, il lui caressa la chatte. « Elle est tellement mouillée. »

Laurel gémit. Je saisis la base de mon sexe. « Suce-moi, mon cœur.

— Mais je... je ne sais pas comment.

— Mets-la juste dans ta bouche et lèche comme un bonbon. Fais-moi confiance, tu ne peux pas le faire mal. » La simple idée de ces lèvres pulpeuses autour de ma gaule me faisait défaillir.

Timidement, elle me prit dans sa bouche – un fourreau humide et chaud qui me crispa les couilles. Il n'en faudrait pas beaucoup pour me faire jouir. Rien qu'à la voir comme cela, rien qu'à voir sa poitrine balancer, ses belles hanches qui me donnaient envie de les agripper, la courbe de son cul bien rond et le plug qui en sortait – tout m'excitait, me faisait bander, me faisait... jouir.

Ma queue s'enfonça jusqu'au fond de sa gorge et elle gémit de surprise. La vibration m'arracha un grognement. J'agrippai sa nuque pour la guider, pour lui caresser les cheveux, lui montrer que j'étais heureux, et Mason lui la branlait avec le plug. Je fermai les yeux, serrai les dents pendant qu'elle me léchait le manche. Nous y étions. « Je vais jouir, Laurel. Avale tout. »

Je pressai mes hanches vers elle et ma bite gonflait encore – des giclées de foutre lui emplissaient déjà la bouche. Elle poussa un cri de surprise et je la vis déglutir. Sous les caresses expertes de Mason, Laurel jouit à son tour, la bouche grande ouverte autour de ma bite pour crier son plaisir. Je me retirai et la laissai savourer la sensation qui l'envahissait.

Laurel se cala sur ses avant-bras, tête appuyée contre la couverture. La pose parfaite de la soumission et Mason poussa un grognement sourd. Il se débraguetta, sortit sa queue et prit ma place. J'étais heureux à l'idée de jouer avec le cul de Laurel. Mason s'était bien amusé, mais il n'avait pas encore joui.

« Debout, mon cœur. C'est au tour de Mason de profiter de ta bouche. » Mason l'aida à se relever et lui présenta sa queue. Elle apprenait vite et savait à quoi s'attendre. Ces deux orgasmes successifs l'avaient également amadouée et rendue désireuse de plaire.

« Tu vas jouir une fois de plus, mon ange. »

Les lèvres de sa chatte étaient rouges, gonflées et humides. Son clitoris, une perle dure, ne demandait qu'à être caressé à nouveau. Et son cul ! Une vision ébouriffante. Le lubrifiant faisait luire ses belles fesses qui se crispaient autour du mince plug. Heureusement que je venais de jouir ou je n'aurais pas résisté à l'envie de la baiser. Tandis que Laurel léchait la bite de Mason, je commençai à remuer le plug. Cette fois-ci, au lieu de la titiller avec les deux bosses, je l'enfonçai plus profondément pour bien lui étirer le cul. Avec précaution, je tirai la partie ronde pour qu'elle ressorte, puis la repoussai à l'intérieur.

Laurel se figea, la bite de Mason dans la bouche, le temps de s'adapter à ce nouvel assaut. Je souris, ravi par sa réponse.

Elle ne s'esquivait pas, ne relevait pas les hanches. Elle poussa un profond grognement, du pur plaisir. Mason commença à bouger, lentement et délicatement, permettant à Laurel de rester immobile pendant que je sortais le plug avant de l'enfoncer à nouveau. Ploc. En dehors. Ploc.

Je n'eus même pas besoin de toucher son clitoris pour la faire jouir. Encore émoustillée par ses orgasmes précédents, ces nouvelles sensations suscitées par le plug suffirent à la combler. Mason n'en pouvait plus et jouit en même temps qu'elle. Quand il retira sa bite de sa bouche, Laurel se laissa tomber sur le lit. Je sortis délicatement le plug et vis son trou se refermer. Elle ne bougea pas et je compris qu'elle s'était endormie. Je l'installai donc sur un oreiller et sous les couvertures.

S'il nous suffisait de cela pour prendre tant de plaisir, je n'arrivais pas à imaginer le bonheur qu'elle allait nous procurer dès que nous pourrions la baiser tous les deux à la fois. L'amour ultime, le plaisir ultime.

8

LAUREL

JE ME RÉVEILLAI POUR LA DEUXIÈME FOIS DANS LES BRAS DE CES deux hommes. Il était tôt, la lumière à travers la fenêtre teintait la pièce de rose. Le soleil ne s'était pas encore complètement levé.

« Dors, mon cœur, » murmura Brody de sa voix grave.

Mason – je commençais à distinguer leurs caresses – passa la main le long de mon bras. J'étais au chaud et je me sentais en sécurité, protégée. Je savais que ces hommes ne laisseraient jamais rien ni personne me faire du mal. Ils m'avaient donné du plaisir – d'une manière que je n'avais pas imaginée – et ç'avait été incroyable. Je remettais en question le moindre de leurs gestes, mais je savais qu'ils me poussaient dans mes retranchements, qu'ils m'enseignaient des plaisirs que j'avais appris à mépriser. Je m'étais finalement abandonnée à leurs exigences et ils m'avaient donné d'étonnants orgasmes, je ne pouvais plus douter d'eux. Pourtant ils m'avaient enfoncé un objet dans le derrière ! J'avais refusé au début, car l'idée me paraissait inconcevable, mais ils m'avaient procuré un puissant orgasme avec ce plug, il n'y avait plus le moindre doute. J'aimais cela.

Apaisée par toutes leurs délicates attentions et leur affection, je fermai les yeux et suivis les consignes de Brody. Je me rendormis et me réveillai quelque temps plus tard seule. Je me redressai et trouvai ma robe, celle dans laquelle j'étais arrivée, étendue au pied du lit avec mon corset, se trouvait là également la jupe et le chemisier d'Ann. Je fis ma toilette, arrangeai mes cheveux devant le miroir avant d'essayer les vêtements d'Ann. La jupe me serrait trop et les manches du chemisier étaient trop courtes – je ne pouvais même pas le boutonner de toute manière. Je renonçai et enfilai ma robe. Le corsage était déchiré, la moitié des boutons manquaient, mais mon corset dissimulait tout cela et laissait seulement paraître mon décolleté. C'était sans doute la tenue la plus convenable que j'avais portée depuis mon arrivée.

Je retrouvai les hommes en bas, une odeur de café et de bacon m'y avait attirée. Ils étaient à table en train de manger, mais ils se levèrent à mon arrivée. Je leur adressai un petit sourire, sans savoir quoi leur dire. Je me rappelai encore avoir pris le sexe de Mason dans ma bouche, tandis que Brody m'enfonçait le plug dans le... cul. J'avais joui une troisième fois et le plaisir avait été intense, vif – comme s'ils avaient déchiré ma timidité à coups de couteau.

« Nous avons gardé une assiette au chaud pour toi. » Mason s'approcha du poêle et me rapporta un plat couvert. « Tu veux du café ? »

Je m'installai et les hommes m'imitèrent. « Oui, merci.

— Nous nous disions que tu voudrais sans doute passer la journée avec Ann et Emma aujourd'hui. Tu pourras les rejoindre chez Ann. » Brody parlait comme si je n'avais pas fui le dîner de la veille.

« Elles ne seront pas fâchés contre moi ? » demandai-je timidement en buvant une gorgée de café.

Les deux hommes froncèrent les sourcils. « Pourquoi ? demanda Brody. Tu n'as rien fait de mal.

— Mais hier soir... »

Mason m'interrompit d'un signe de la main. « Hier soir, nous n'avons pas assez vite compris ce qui te préoccupait. C'est notre faute, pas la tienne. Ta robe a besoin de quelques retouches, mais elle te va mieux que ma chemise, qui t'allait pourtant déjà à merveille.

— Peut-être que tu pourrais porter nos chemises quant tu restes à la maison ? » demanda Brody qui haussait un sourcil.

Cette idée avait l'air de les réjouir, comme des écoliers, et je ne pus m'empêcher de sourire. Je me rappelai toutes les sensations agréables qu'ils me procuraient. « Juste pour toi ?

— Juste pour nous, » dit Mason et Brody acquiesça. »

Ils étaient si beaux quand ils souriaient, heureux de ces simples choix vestimentaires. Attentifs et... gentils. Je n'étais pas habituée à me sentir en sécurité, à me sentir heureuse avec deux hommes.

ANDREW NOUS OUVRIT LA PORTE UNE HEURE PLUS TARD. J'ÉTAIS encore une fois dans les bras de Mason et je me sentais complètement impuissante. Mon manteau avait séché et j'aurais pu le porter au lieu de m'encombrer de cette couverture. J'avais mes bottes à la main.

Ann nous accueillit à la porte avec une autre femme qui devait être Emma. Elle était tout le contraire d'Ann, grande et brune. Les deux me souriaient et tâchaient de me rassurer.

Brody rendit le chemisier et la jupe empruntés à Ann qui

les posa sur la rampe d'escalier avant de me débarrasser de mon manteau et de le suspendre près de la porte.

« Comme je le craignais, ils étaient trop petits. Tu n'aurais pas du fil à me prêter ?

— Bien sûr que si. Dans la cuisine. Quelques retouches et ta robe sera comme neuve, » dit Ann pleine d'entrain, sans doute inquiète à l'idée de me voir à nouveau fondre en larmes. « Tu ne connais pas encore Emma. Elle mourait d'envie de faire ta connaissance. »

Emma s'approcha de moi et me prit le bras. « Viens, laissons les hommes de leur côté. »

J'interrogeai du regard Mason et Brody qui se tenaient près d'Andrew, mais je ne pus leur adresser qu'un sourire avant d'être kidnappée.

Dans la cuisine, Ann me débarrassa de mes bottes et les posa à côté d'une autre paire. « J'oublie mes bonnes manières, je peux t'offrir du thé, mais nous buvons tous du café. Est-ce que ça te convient ? »

J'acquiesçai. Emma caressait son ventre arrondi. Il n'était pas encore trop imposant, mais elle allait bientôt devoir changer de robe. « Le bébé est pour quand ? demandai-je.

— Pour cet été, répondit Emma en souriant.

— Elle n'a pas encore eu droit aux nausées matinales et ça me rend furieuse, » affirma Ann.

Emma sourit et grimaça. « Par contre, tu étais tout aussi délurée que moi. »

Ann rougit, mais ne nia pas. « Profites-en tant que tu le peux. » Elle fit la moue et regarda le bébé endormi dans le berceau. « Tes maris ne te toucheront plus pendant des semaines après cela. Peut-être plus jamais, grommela-t-elle.

— Quoi ? Mais je les ai vus te toucher et tu avais l'air d'apprécier. »

Ann fit la moue. « Oui, mais ils ne m'ont pas baisée depuis

la naissance. Je vais bien. Vraiment. Et pourtant ils insistent pour me faire jouir autrement. »

J'étais surprise de les entendre parler de ces choses intimes de cette manière.

« Oh, excuse-nous, Laurel. Tu dois trouver nos conversations bien étrange, » dit Ann.

Je haussai les épaules, les joues rouges – ma virginité m'empêchait de participer à cette conversation.

« Mason et Brody t'ont sûrement donné un avant-goût de ce qu'ils comptent faire de toi ? » Ann me regardait avec espoir. Je découvrais qu'elle adorait parler relation amoureuse.

« Les hommes de Bridgewater ne manquent pas de vigueur et je doute que ces deux-là arrivent à te résister. Tu es si belle avec tes cheveux roux, » ajouta Emma.

Mason et Brody n'étaient pas seulement vigoureux. Ils étaient aussi dominateurs, possessifs, puissants, exigeants, attentionnés. Gentils.

Les deux femmes attendaient une réponse. « Hier, je ne portais qu'une chemise de Mason. Alors bien sûr je ne peux pas dire que nous sommes restés totalement chastes, mais... je... je ne peux pas en parler. » J'étais trop mortifiée pour même y penser, pas question de partager tout cela avec d'autres.

Emma haussa les sourcils et Ann lui raconta notre soirée de la veille, sans omettre ma retraite précipitée. « Ils sont très protecteurs avec toi. »

Le bébé commençait à s'agiter, alors Ann le prit dans ses bras et déboutonna son chemisier pour le nourrir, la main potelée du garçon lui agrippait le sein. La maternité n'avait déjà plus aucun secret pour elle, malgré la nouveauté de cette situation.

Emma but une gorgée de café. « Une heure après mon arrivée au ranch avec Kane et Ian, Mason a frappé à la porte de notre chambre, alors que mes hommes étaient en train de me raser la chatte et de me préparer le cul pour la première fois. J'étais nue et, même si je sais qu'il ne pouvait rien voir, Mason a très bien compris ce qu'il se passait. J'étais humiliée. »

Je restai bouche bée, envahie par un sentiment étrange. Mason faisait partie de cette histoire ? Il avait su ce que ses maris lui faisaient ? Je n'aimais pas cela. Pas du tout. Je m'affalai sur une chaise. Mason ne m'utilisait-il que pour se distraire ? Histoire de passer le temps pendant une tempête de neige ?

Ann posa sa main sur la mienne et me tira de mes pensées. « Tu as l'air de vouloir arracher les yeux d'Emma. » J'oubliai vite ma jalousie. Oui, j'étais jalouse. « Emma ne contrôlait pas du tout la situation, comme tu peux l'imaginer. Et Mason n'y était pour rien non plus. Comme tu as dû le découvrir hier, ces hommes ont des pratiques différentes. Des mœurs qui contredisent toute notre éducation, qui bafouent les règles du reste du monde, mais qui restent néanmoins honorables. Ne t'inquiète pas de Mason, il ne s'occupera que de toi. »

Je fronçai les sourcils. « C'est ce qu'il me répète. »

Ann haussa les épaules. « C'est ce que nos maris nous promettent. Ils répondent à nos besoins. Ils assouvissent les leurs aussi, bien entendu, mais les nôtres restent leur priorité. Hier soir, mes seins me faisaient mal et ils m'ont aidée, sans se soucier de nos invités. » Elle me sourit. « Je suis habituée à jouir quand ils boivent mon lait. Ils veulent que je réagisse de cette manière, que chacun de nos contacts soit agréable pour moi. »

Je comprenais leurs intentions. « Et tu ne te sens jamais gênée ?

— Au début un peu, mais j'ai vite compris qu'ils me voulaient du bien. Je n'aimais pas forcément ça, du moins les premières fois, mais ils savent ce qu'il me faut et ils prennent toujours soin de moi. »

Je me rappelai les épreuves que Mason et Brody m'avaient faites subir la veille. J'avais résisté au début, je leur avais demandé de m'expliquer tous leurs gestes, mais ils avaient fait tout cela pour moi, pour me faire du bien. Je n'y croyais pas, mais ils avaient tenu toutes leurs promesses. Les mots d'Ann me calmaient, m'apaisaient. Je me disais qu'en fin de compte Mason et Brody se comportaient normalement avec moi.

« Même leurs punitions m'excitent maintenant, ajouta Emma.

— Des punitions ? » demandai-je, méfiante. Que voulait-elle dire par là ?

Les deux femmes acquiescèrent. « Ils punissent certaines indiscrétions, mais c'est pour notre sécurité, pour notre bien.

— Ils vous battent ? Mes professeurs me donnaient parfois des coups de règle. »

Les deux femmes me regardaient avec effroi. « Ils me donnent la fessée, répondit Emma. Ce n'est pas une expérience agréable... au début, mais je finis toujours par être très excitée. »

J'étais abasourdie.

« Comme je te le disais, ils finissent toujours par nous faire jouir... » Ann souriait.

Je ne comprenais pas comment une fessée pouvait leur inspirer de l'excitation, mais je manquais d'expérience en la matière.

Emma s'affala dans sa chaise avec la maladresse d'une femmes enceinte. « Toute cette discussion m'a émoustillée.

— Tes hommes seront là pour le déjeuner. Ils arrangeront cela à ce moment-là, » répondit Ann, le sourire aux lèvres. Je connaissais bien ce sourire, c'était celui que j'avais arboré après mes derniers orgasmes.

« Mason et Brody s'occuperont peut-être de toi aussi. » Emma sourit, heureuse de jouer la marieuse. Elle était resplendissante avec ses cheveux sombres et ses yeux pâles. Mais je n'avais aucune intention de m'attarder à Bridgewater et je n'allais certainement pas épouser Mason et Brody. Je n'étais qu'une fantaisie passagère, une femme rencontrée lors d'une tempête de neige. Dès que je trouverais le moyen de partir, je les abandonnerais à cette vie insolite, mais idyllique.

9

MASON

MAINTENANT QUE LAUREL ÉTAIT OCCUPÉE AVEC LES AUTRES femmes et que le temps s'était dégagé, nous allions pouvoir nous occuper des tâches en attente. Chevaux à nourrir, écuries à récurer, selles à réparer. Côté maison, nos caisses à bois avaient besoin d'être remplies. Nous étions en train d'avaler un rapide déjeuner, quand arrivèrent les chevaux. Je croisai le regard de Brody, à l'autre bout de la table, qui serrait la mâchoire.

Nous nous levâmes tous deux avant d'attraper nos manteaux. Brody décrocha le fusil et nous partîmes à la rencontre de ce groupe d'hommes à cheval. Nous avions le soleil dans le dos et l'éclat de la neige aveuglait les intrus. Le groupe se composait du shérif Baker, de Nolan Turner et de trois hommes que je ne connaissais pas. Seul le shérif était armé – l'arme dépassait de sa sacoche.

« Messieurs, » saluai-je.

Brody se tenait à mes côtés. « Merde, » murmura-t-il.

Je n'en pensais pas moins, mais ne laissai rien paraître.

« On a vu que vous aviez un cheval mort un peu plus loin, » lança Turner. Il se pencha sur sa selle, son chapeau nous cachait ses yeux. Je le savais rusé et mauvais quand il le voulait. Rien de bon n'arrivait quand il était dans les parages.

J'avais appris à le connaître des années auparavant – il m'avait abordé en ville et offert un verre. Je m'étais méfié de cette fausse amitié. J'avais tout de même accepté son offre pour découvrir ses intentions. Son ranch se situait à des kilomètres du nôtre – plusieurs propriétés nous séparaient. Dès le premier whisky, Turner m'avait expliqué son plan pour forcer les autres à vendre, pour agrandir nos deux domaines. Après le troisième verre – il ne faisait rien avec modération –, il avait même mentionné un mariage arrangé ; sa fille allait bientôt être majeure, avait-il dit. Je ne connaissais pas sa fille, personne ne l'avait jamais vue. Elle suivait des études à...

Merde. Le mystère venait de se lever concernant l'identité de Laurel. Hiram Johns et Nolan Turner n'étaient qu'une seule et même personne. Nous avions la fille de Nolan Turner. Sa fille fugueuse. L'homme à côté devait être le futur mari. La description qu'elle avait fournie hier au petit-déjeuner était très précise. Pas question que nous laissions ce chien l'épouser.

Les deux autres étaient des hommes de main de Turner ou de Palmer.

« Patte cassée, répondit Brody.

— De toute évidence, murmura Turner que cette conversation n'amusait pas. Mais je cherche ma fille. »

Je regardai Brody avant de me retourner vers eux. « Jamais vue. »

La vérité en quelque sorte, Laurel n'avait jamais évoqué le

nom de Turner – Dieu n'avait donc aucune raison de me foudroyer, pas sur cette fois-ci du moins.

« Il ment, » dit le gros. Pas de meilleur mot pour le décrire. Ce type était un gros lard et j'avais de la peine pour son cheval.

Le shérif Baker l'arrêta d'un geste de la main. « Palmer, vous ne devriez pas accuser les gens sans preuves.

— Histoire de vous faciliter le travail, Shérif, nous vous laissons libre accès à notre maison, » proposa Brody.

Le shérif se tourna vers les autres. « C'est chic de leur part, n'est-ce pas, Turner ?

— Ce ranch est grand. Elle pourrait être dans n'importe laquelle de ces maisons, dit Palmer.

— Il suffit de tirer trois coups de fusil et les autres rappliqueront, dit Brody. Ils vous diront s'ils ont aperçu votre fille disparue et vous pourrez inspecter toutes les maisons, mais je préfère ne pas tirer – je ne veux pas qu'on m'abatte. Shérif, si vous le voulez bien, avec vous personne n'aura la gâchette facile. »

Le shérif suivit mes conseils et trois déflagrations déchirèrent le silence.

Au loin, je vis les autres sortir des maisons, de l'écurie ou de la grange.

« Ils arrivent, » dis-je en essayant d'avoir l'air serviable alors que je crevais d'envie de les dégommer. « Ils font aussi vite qu'ils peuvent avec cette neige.

— Vous pourriez commencer par notre maison en attendant, » proposa Brody.

Turner et Palmer descendirent de cheval. « Une personne à la fois. Pas besoin que vous traîniez de la boue dans toutes les pièces.

— Attendez un peu... » dit Palmer.

Brody leva la main. « Un problème, Turner ? Pas capable de trouver une femme seul ? »

Cette pique avait fait mouche. Turner fit signe à Palmer et y alla lui-même. Il avait la cinquantaine, mais avait gardé la forme. « Je la trouverai, » jura-t-il.

Turner grimpa les marches du perron et nous nous écartâmes pour le laisser passer.

« Décrottez vos chaussures, » dis-je.

Il jura, mais s'exécuta.

Nous attendîmes patiemment. Les autres hommes de Bridgewater approchaient, fusils à la main. Brody et moi savions très bien ce qu'il allait trouver. Palmer et les autres paraissaient mal à l'aise, impatients.

Turner sortit enfin, des sous-vêtements à la main. « Elle est là. »

Brody soupira, se gratta le visage et tira une mine contrite. « Tu as trouvé ça sur ma commode, pas vrai ? » Il secoua la tête et sourit. « Belle ne t'a jamais laissé emporter de souvenir ? Tu vois, la belle Adeline avec ses longs cheveux blonds et sa grosse poitrine, je lui ai enlevé ça la semaine dernière. »

Turner rougit.

« Que se passe-t-il ? » dit Kane, carabine à l'épaule. Simon, Rhys et Ian l'accompagnaient. L'affrontement, aux yeux de Turner et Palmer, venait de s'équilibrer. Brody et moi aurions pourtant pu les terrasser seuls et j'avais bien envie d'essayer. Rien que voir Palmer me révoltait. Ce type aurait eu le culot d'épouser Laurel si elle ne s'était pas risquée dans cette tempête ? Pas étonnant qu'elle ait pris la fuite.

« Apparemment, une femme a disparu. La fille de Turner.

— C'est ton cheval là-bas, Turner ? demanda Simon. Épouvantable de perdre un cheval comme ça, à cause d'une fracture. J'ai entendu Mason l'abattre, tu devrais être reconnaissant qu'il n'ait pas souffert.

— Qui s'intéresse à ce cheval ? Je cherche ma fille. » Il se redressa, mains sur les hanches, son veston s'agitant au rythme d'une légère brise.

« Une petite culotte sans propriétaire ne figure pas une femme, commenta le shérif Baker. Surtout que nous nous connaissons tous très bien les filles de Belle.

— Il suffit de poursuivre les recherches, fit Turner.

— Quelle importance a-t-elle pour toi cette fille ? » demanda Ian avec son fort accent écossais. Il était visiblement en colère, mais Palmer n'en savait rien.

« Il s'agit de ma fiancée, » lança Palmer.

Fiancée. Aucune chance. Laurel nous appartenait et jamais il ne la toucherait.

« Je leur ai dit qu'ils pouvaient fouiller toute la propriété, annonçai-je aux autres. Si votre fille n'est pas chez moi, nous pouvons peut-être passer à la maison suivante ? Celle d'Andrew que voici sera la prochaine. »

Andrew s'approcha, fusil à la main, et Robert lui emboîta le pas. Turner n'avait plus la moindre chance de s'en tirer. Face à nous se trouvaient deux gras du bide, un shérif dont le fusil était rangé dans une sacoche et deux hommes de main. Aucune chance de rivaliser contre un régiment entier.

« Nous avons entendu des coups de feu. »

Turner monta à cheval et tout le monde prit la direction de la cachette de Laurel. Je savais qu'elle était bien cachée – nous avions prévu cette éventualité. Les hommes du régiment étaient préparés à affronter toutes les situations dangereuses.

Une fois devant la maison, Andrew s'avança et fit un signe de la main. « Shérif, je n'autorise que vous à fouiller ma maison. Ma femme, Ann, est à l'intérieur avec notre nouveau né et je ne veux pas qu'elle prenne peur.

— Ma femme lui rend visite et je préférerais que rien ne lui arrive, ajouta Kane. Pas question qu'on vienne la terroriser sur nos terres. »

Le shérif Baker acquiesça et mit le pied à terre.

« Attendez, je ne suis pas... »

Le shérif interrompit Turner. « Tu ne me fais pas confiance, Turner ? »

L'homme soupira, mais ne souffla plus un mot.

Le shérif se tourna vers Andrew. « J'ai entendu parler du bébé. Un garçon ? »

Andrew sourit, débordant de fierté paternelle. Robert se réjouissait également de cette petite attention de l'homme de loi, mais il ne dit rien. Nos manières n'étaient pas celles de Simms, pas celles du shérif et nous ne comptions pas en changer. Seul Andrew était légalement marié à Ann et père du bébé – aux yeux du shérif.

« Christopher. »

Andrew l'aida à grimper les marches du perron et ils entrèrent tous les deux, en ôtant leurs chapeaux. J'aperçus Ann, qui tenait le bébé dans ses bras, et Emma à ses côtés.

Ils fermèrent la porte derrière eux pour ne pas perdre la chaleur. Pendant que nous attendions, nous en profitions pour obtenir quelques informations supplémentaires. « C'est noble de ta part de t'inquiéter pour ta fille, » dis-je d'un ton neutre.

Turner se tourna vers moi. « Tu comprendras quand tu auras un enfant.

— Ah ? Tu ne l'as pas expédiée dans un pensionnat dès son plus jeune âge ? demanda Kane, bras croisés. Des nuages blancs jaillissaient à chacune de ses expirations.

— Vous ne connaissez rien à nos coutumes, M. Kane. Vous n'êtes pas d'ici, répliqua Turner.

— Oh, détrompez-vous. Nous autres les Anglais connaissons bien le prix d'un internat, répondit Brody. Pourquoi diable est-elle partie en balade par cette tempête ? »

Turner se tourna vers Brody. Les tendons de son cou

s'étaient crispés. « Elle est sans doute un peu folle, jura-t-il, mauvais menteur.

— Alors, Palmer, c'est ça ? » L'homme acquiesça et je continuai. « Pourquoi épouser une folle ? »

Il se raidit sur sa selle. « Ce n'est pas elle que j'épouse.

— Peu importe que ce soit une idiote alors ? demanda Ian, sans se départir de son accent.

— Il y a beaucoup d'autres choses en jeu, admit l'homme.

— Oh ? Et de quoi parlez-vous ? fit Robert. Une fois que vous aurez fouillé Bridgewater, où la chercherez-vous ensuite ? La région est vaste.

— Son cheval, mordit Turner, est étendu sur votre propriété.

— Alors ta fille est sans doute morte quelque part entre ton ranch et le nôtre, » conclut Simon.

Le shérif sortit, suivi par Andrew. Ann se tenait à la porte.

« Elle n'est pas là, Turner. Tu imagines bien qu'ils l'auraient ramenée en ville dès que possible ou qu'ils nous l'auraient confiée à notre arrivée. » Le shérif soupira. « Tu veux vraiment que nous fouillions tous les bâtiments de la propriété ?

— Est-ce que vous êtes allés voir chez les Carter ou chez les Reed ? Vous avez forcément croisé leurs deux ranchs sur le chemin, » dit Kane.

Les regards furieux de Turner et de Palmer m'indiquaient qu'ils n'en avaient rien fait.

« Est-ce qu'on nous en veut personnellement, shérif? » demandai-je.

Le shérif Baker sourit. « Non, mais le cheval était chez vous, indiqua-t-il.

— Oui et comme je vous le disais, elle a dû tomber en chemin. La tempête a été très violente. Vous imaginez une femme seule ? Vous pensez vraiment qu'elle arriverait jusqu'ici vivante ? »

Le shérif acquiesça sagement. « Allons-y, messieurs. Assez perdu de temps. »

Le groupe d'intrus n'avait pas l'air heureux. Turner et Palmer ne pouvaient pas conclure leur entente commerciale sans Laurel et leurs deux sbires n'avaient pas eu l'occasion de se défouler. Le shérif Baker se remit en selle et posa son chapeau sur le haut du crâne. Il fut le premier à rebrousser chemin et les autres suivirent, à contrecœur.

Nous attendîmes de ne plus les voir à l'horizon, de les savoir en route pour la ville, pour rentrer. Laurel avait des explications à nous donner.

10

Laurel

Quand les coups de feu avaient retenti, nous nous étions toutes les trois figées. Elles m'avaient vite expliqué que trois coups de feu indiquaient un grand danger et que tous les hommes devaient aller prêter main forte à leurs compagnons. Après quelques minutes – qui me parurent une éternité – Andrew entra dans la cuisine et me conduisit dans une cachette, un espace dissimulé sous la cage d'escalier. Un verrou secret en ouvrait la porte et je m'étais facilement glissée à l'intérieur.

Andrew m'indiqua sans ambages qu'une poignée d'hommes étaient venus, sans doute à ma recherche. Il avait reconnu le shérif, ce qui le persuadait qu'il n'y avait aucun danger immédiat. À part pour moi. Il m'aurait sans doute dégagée pour faire de la place à Ann et au bébé en cas de danger réel.

Je savais que c'était mon père. Mason et Brody avaient

deviné qu'il viendrait me chercher et je n'en avais jamais douté. Je ne voulais juste pas y croire. Apparemment, j'avais encore de la valeur à ses yeux. Il se moquait bien de moi, mais il avait besoin de moi pour régler une affaire. J'avais l'estomac noué à l'idée que M. Palmer ou mon père me trouve, à l'idée qu'ils pénètrent dans cette cachette étroite. Ann m'avait donné une couverture sur laquelle m'asseoir et je n'étais pas mal installée, mais le temps passait lentement dans le noir.

J'entendais les voix des femmes, légèrement assourdies, le bébé s'agiter et se calmer. Je respirais calmement, aussi silencieusement que possible. Des voix d'hommes avaient attiré mon attention. La première était celle d'Andrew, mais je n'avais pas reconnu l'autre. Ils avaient parlé du bébé – le ton était amical.

« Allez-y shérif, vous pouvez fouiller la maison, dit Andrew.

— Ah ça, je me fiche bien de savoir si elle est ici ou non. En fait, si elle était là, je la cacherais. Turner me casse les... » Il toussa avant de reprendre. « Je vous demande pardon, mesdames. Il est difficile à supporter. Ajoutez à cela Palmer et les deux autres, les deux serpents à sonnettes. Des vicelards. Des saloperies. Ils sont en train de préparer un mauvais coup et ils feraient mieux de laisser cette pauvre fille tranquille.

— Pauvre fille ? Qu'est-ce que vous voulez dire, shérif ? demanda. Ils lui ont fait du mal ?

— Mme Turner est morte en la mettant au monde et cet abruti ne s'en est jamais remis. À mon avis, il lui reproche sans doute d'avoir tué sa mère. C'est sans doute pour cela qu'il l'a envoyée dans cette école lointaine. Je ne l'ai jamais revue depuis.

— Alors comment savoir si elle est de retour à Simms ? » demanda Andrew.

Il y eut une pause. « Je n'en sais rien. Mais si vous entendez parler de cette fille, vous me l'envoyez à moi et pas à son père. Je ne souhaite pas ça à mon pire ennemi.

— Merci, Shérif, nous n'y manquerons pas.

— Madame. »

Ensuite, il y avait eu un long silence et j'en avais déduit qu'ils avaient dû sortir. Des pas. La porte s'était ouverte et j'avais sursauté, aveuglée par la lumière.

« Viens, mon cœur. Ils sont partis. » Mason.

J'acceptai sa main et me levai, plissant les yeux devant la lumière du soleil. Je m'accrochais fermement à lui non seulement à cause de mes fourmis dans les jambes, mais aussi parce que j'avais besoin de le toucher pour me rassurer. Ils étaient tous là et ils me regardaient. Mason et Brody. Robert, Andrew et Ann. Rhys, Simon et Cross. MacDonald et McPherson. Emma avec deux hommes que je supposais être ses maris, Ian et Kane.

« Laurel, tu veux bien te présenter ? » demanda Brody.

Je jetai un coup d'œil dans sa direction – je les observai tous. Ils ne paraissaient pas hostiles, mais ils ne respiraient plus le bonheur. Je n'avais plus d'autre choix, je leur devais la vérité. Toute la vérité. « Je... je m'appelle Laurel Turner.

— Pourquoi tu ne nous l'as pas dit avant ? demanda Mason, le visage fermé.

— J'avais peur qu'on me renvoie chez mon père.

— Qu'on te renvoie chez ce connard ?

— Mais je... je ne vous connaissais pas. Il a beaucoup d'influence dans la région et vous auriez pu être ses amis.

— Tu as mis ma famille en danger. (Andrew fronçait les sourcils.)

— Emma également, ajouta Ian de sa voix grave.

— Et pour cela, tu seras punie, » conclut Mason.

MASON

« PUNIE ? » DEMANDA LAUREL.

J'acquiesçai avant de la tirer jusqu'à ma chaise. « Tu as menti, Laurel et tu nous as tous mis en danger. Si tu nous avais dit la vérité depuis le début, on aurait pu te protéger. »

Je la plaçai entre mes genoux et lui agrippai les cuisses.

« Mais je pensais que tu me renverrais !

— A-t-on réellement l'air de fréquenter Nolan Turner ? » demanda Brody.

Elle secoua la tête.

« Installe-toi sur mes genoux, mon cœur. » Je tapotai mes cuisses.

« Pourquoi ?

— Pour recevoir ta fessée.

— Non ! cria-t-elle en essayant de s'enfuir.

— Tu nous as tous mis en danger et tu dois en assumer les conséquences. »

Si je la laissais faire, elle discuterait toute la journée. Pour couper court, je l'empoignai. Brody s'agenouilla et lui remonta sa robe jusqu'aux hanches. Sa culotte l'attendait sous notre porche – elle était nue.

« Tout le monde regarde ! pleura-t-elle en se tortillant sur mes genoux.

— Oui, en effet. »

Une tape.

« Ils doivent savoir que tu as appris ta leçon, que tu comprends que les actions d'une personne concernent tous les membres de ce ranch. Tu dois les rassurer, leur faire comprendre que tu ne recommenceras pas, » répondit Brody.

Une autre tape.

« Tu as mis deux femmes et un bébé en danger, Laurel. »

Nouvel tape.

« Je suis désolée ! » gémit-elle.

Je levai les yeux vers les autres – ils m'adressèrent tous un signe de tête avant de quitter la pièce. Robert, Ann et Andrew partirent dans la cuisine avec le bébé. Les autres rentrèrent chez eux.

Ils savaient que Laurel avait appris sa leçon, mais ni Brody ni moi n'étions satisfaits. Je continuai à la fesser sans relâche, car elle devait apprendre à nous respecter.

« Nous serons toujours là pour te protéger, Laurel. Tu viendras toujours nous voir au moindre signe de danger, qu'il s'agisse d'une tempête violente ou de ton connard de père.

— À mon tour, » dit Brody.

Je la tins pendant que Brody la fessait. « Pas de mensonge, mon cœur. »

Laurel pleurait et restait affalée contre mes cuisses.

« Jamais on ne te rendrait à Turner. Tu ne comprends pas ? Tu es à nous et personne ne nous séparera. »

Brody posa la main contre son fessier rouge.

« Je pensais que vous vous serviez simplement de moi, » renifla-t-elle.

Je la redressai délicatement et elle s'assit sur mes genoux. Elle se crispa, appuyée contre sa chair meurtrie. « Nous servir de toi ? » Je séchai les larmes qui coulaient le long de ses joues.

« Vous... Vous m'avez fait des choses... et maintenant je ne suis plus qu'une marchandise d'occasion. J'ai perdu ma vertu. Personne ne voudra de moi. »

Brody lui attrapa le mention pour qu'elle le regarde. « Une marchandise d'occasion ? Tu nous appartiens, Laurel. À nous et à personne d'autre. Tu nous as offert ta vertu, tout comme tu vas nous offrir ta virginité. Ta chatte et ton cul aussi.

— Mais... Vous m'aviez dit que vous attendriez... que vous ne la prendriez pas tant que je ne serais pas mariée, que vous alliez... jouer avec moi et me rendre ensuite. » Elle avait l'air perdue.

« Je devrais te donner une autre fessée. Comment peux-tu nous imaginer sans honneur comme ça ? On te préservait parce qu'on n'a pas encore eu le temps de t'épouser. Mais, maintenant que nous connaissons toute la vérité, il ne reste qu'un seul moyen de te sauver des griffes de ton père et de Palmer. »

Brody acquiesça.

« Comment ? demanda-t-elle d'une voix pleine d'optimisme.

— Nous allons nous marier.

— Nous marier ? répéta-t-elle. Tu es prêt à m'épouser rien que pour me sauver de M. Palmer ?

— Non, bien sûr que non, répondit Brody. Nous t'épousons parce que nous avons su que tu étais la femme qu'il nous fallait dès que nous t'avons vue, inconsciente sur la table de notre cuisine. Mais d'abord tu dois tout nous dire. »

Devant son silence, il ajouta : « Maintenant. »

Elle prit une profonde inspiration. « Je suis donc la fille de Nolan Turner. Visiblement, vous le connaissez déjà.

— Nous avons eu quelques différends avec lui dans le passé. Il veut détourner le ruisseau qui traverse sa propriété, ce qui couperait l'eau à tous les autres ranchs. » Brody se leva pour regarder dehors et vint se rasseoir. « Nous ne serions pas affecté, car nous sommes à proximité de la rivière, mais je connais beaucoup d'autres propriétaires qui doivent se battre contre lui. »

Laurel hocha la tête. « J'ai cru comprendre qu'il n'avait pas que des amis, ce qui veut sans doute dire que j'ai moi-même quelques ennemis. Être sa fille limite le nombre de prétendants potentiels, ce qui fait bien les affaires de M. Palmer.

— Nous savions qu'il avait une fille, mais elle a été envoyée à...

—... à Denver, dit Laurel, confirmant ainsi les rumeurs. Depuis la mort de ma mère, le jour de ma venue au monde, mon père m'en veut. Une nounou m'a élevée jusqu'à ce que j'aie l'âge d'être envoyée à l'école. Ce qui explique que je ne connaisse pas vraiment la région et que je ne sache pas m'y orienter. Je suis rentrée il y a un mois. »

Brody la regardait attentivement. « Tu n'as pourtant plus du tout l'âge d'être à l'école.

— C'est vrai, dit-elle en reniflant. Mon père s'est simplement montré généreux avec l'établissement en question. Loin des yeux, loin du cœur.

— Jusqu'à ce qu'il ait besoin de toi, » commentai-je.

Mes mots parurent la blesser. Ce n'était pas mon intention – je n'avais fait que dire la vérité et elle le savait très bien.

« Je m'étais imaginé que mon père avait des remords. Qu'il voulait simplement me revoir. Et c'était effectivement le cas, mais pour de mauvaises raisons. » Elle baissa les yeux et fixa ses mains coincées entre ses cuisses. « Je n'avais pas revu mon père depuis mes sept ans. Je ne me sens pas proche de lui. J'ai espéré un bref instant qu'il voudrait changer cela. » Elle secoua la tête. Je lus toute sa tristesse et sa honte sur son visage. Tristesse devant ce faux espoir, honte d'y avoir cru même un instant. « J'étais une petite idiote. »

Je la pris dans mes bras, sa tête calée sous mon menton. « Nous nous voulons de toi, ma chérie.

— Et plutôt deux fois qu'une, » confirma Brody.

11

LAUREL

« MAIS… MAIS POURQUOI ? » DEMANDAI-JE. J'ÉTAIS ÉTOURDIE par tout ce qu'ils venaient de m'annoncer ces dix dernières minutes. Ils étaient tous tellement en colère contre moi et, en y réfléchissant bien, à juste titre. J'aurais dû leur dire qui était mon père, mais je voulais me protéger. Je n'avais pas l'habitude de devoir me soucier des autres et je ne pensais pas faire partie de leur groupe au moment où j'avais menti. « En m'épousant, vous allez faire de mon père un ennemi. Il saura que vous lui avez menti et il se mettra en colère. Et puis, vous avez rencontré M. Palmer. Il n'a pas lui non plus que des amis. Vous l'empêcherez de m'épouser, mais pas de se venger d'une manière ou d'une autre. »

Brody posa les mains sur ses hanches. « Ton père est déjà notre ennemi, mon cœur. Depuis bien longtemps.

— Oh ?

— Il est venu me trouver pour jouer un mauvais tour aux ranchs des environs. »

Mes yeux s'écarquillèrent. « Mais il y a des kilomètres de terre entre vous ! »

Mason acquiesça et je le fixai. « Nos voisins sont nos amis. Nous les soutenons et les aidons à se protéger de Turner.

— Mais il n'y a pas que lui. M. Palmer est également très puissant, avertis-je.

— Ce type ne fait pas le poids à côté de nous. Tu t'imagines qu'on n'est pas capables de défendre ce qui nous appartient ? » demanda Mason.

À ces mots, j'examinai leurs corps grands et forts, leur allure dominante et responsable. Avec eux, je me sentais en sécurité, toujours protégée. Allaient-ils être capables de me sauver de la colère de mon père ? Oui, sans aucun doute.

« Pourquoi voudriez-vous me protéger ? Je vous ai menti et vous pourriez avoir n'importe quelle autre femme.

— Cette première fessée ne t'a pas suffi ? » demanda Mason d'une voix grave. Ses yeux sombres s'étrécirent.

Je me mordis la lèvre. « Pourquoi ?

— Tu penses que nous t'aurions touchée sans penser au mariage ?

Je marquai une pause. « Eh bien, oui. »

Brody soupira et secoua lentement la tête. « Soit, tu n'as jamais rencontré d'hommes honorables auparavant, soit tu as été cloîtrée loin d'eux.

— Peut-être les deux, dit Mason en me regardant.

— Allons-y. Il est temps d'aller en ville, » fit Brody. Mason me fit me lever et me conduisit vers la porte pour attraper mon manteau.

« Pourquoi ? » Je n'en finissais plus de poser toujours les mêmes questions.

« Pour te prouver que nos intentions sont nobles. »

Deux heures plus tard, devant l'autel de la petite église de la ville, Mason devint mon époux. Brody et la femme du révérend servirent de témoins. Ils ne m'expliquèrent pas pourquoi Mason était celui que j'épousai. Il me prodigua un baiser bref et chaste, mais le regard de Mason brûlait de promesses inexprimées qu'il tiendrait plus tard en compagnie de Brody.

Je ne portais pas de robe de mariée, mais ma robe déchirée sous mon manteau boutonné, histoire d'éviter toute question. Nous ne nous attardâmes pas en ville – mes époux semblaient impatients de rentrer au ranch avant la tombée de la nuit. Je montai à cheval avec Mason jusqu'à ce que nous ayons quitté la ville, mais une fois assez loin, Brody s'approcha et me tira à lui. « Tu as peut-être épousé Mason, mais tu es aussi à moi, dit-il d'un souffle chaud contre mon oreille. Je te le prouverai une fois que nous serons à la maison. »

Le voyage fut rapide et je passai tout le trajet à me demander comment il comptait me le prouver.

MASON M'AIDA À RETIRER MON MANTEAU AVANT DE l'accrocher près de la porte.

« Peut-être que je pourrais avoir d'autres vêtements ? » Je baissai les yeux sur ma robe déchirée. « Cette robe est irréparable et je n'ai pas de sous-vêtements.

— Hmm, dit Brody en enlevant son propre manteau.

« Une autre robe, oui. Des sous-vêtements, non, dit Mason. Je suis sûr qu'Emma et Ann seront ravies de choisir de nouvelles robes avec toi, mais pour la semaine qui vient, tu n'auras pas besoin de vêtements. »

Son regard ne laissait aucune place au doute. Il se pencha

et me renversa conter son épaule avant même que j'aie le temps de protester pour m'emmener à l'étage. « Mason ! »

Il me tenait fermement en place et j'essayai de lever la tête pour regarder Brody qui nous suivait. Il arborait un petit sourire en coin et je savais qu'il ne m'offrirait aucune aide.

« Il est temps de faire de toi notre femme, » dit Brody.

Leur femme. Cette expression m'intimidait, me dévastait et m'angoissait tout à la fois. J'étais marié à deux hommes ! J'avais imaginé une aventure passagère liée à cette tempête de neige, mais il s'agissait de tout autre chose. Il suffisait de voir le regard que me lançait Brody pour le comprendre.

Mason me laissa tomber sur le lit. Je rebondis une fois, mais je n'eus même pas le temps de me redresser qu'il était déjà en train de m'embrasser. Pas le chaste bécot de la cérémonie, mais un vrai baiser. Les lèvres de Mason étaient douces et délicates, sa langue cherchait la mienne. Il m'agrippa fougueusement la nuque pour m'orienter comme il le souhaitait. Sa barbe était douce contre ma peau, soyeuse. Je sentis le lit s'enfoncer à côté de moi.

« A mon tour, » murmura Brody.

Mason leva la tête et je croisai son regard sombre. Oh. Il m'avait déjà regardé auparavant, mais cette fois c'était différent. Un désir plus profond, plus sombre, puissant se lisait là. C'était comme s'il avait retenu une partie de lui-même jusqu'au mariage et qu'il s'autorisait désormais à se laisser aller. Il se rassit et laissa Brody me tirer à lui. Il m'embrassa à son tour, un baiser différent encore. Sa bouche était plus insistante, plus rugueuse et certainement plus exigeante. Il avait même un goût différent.

Mes doigts s'emmêlèrent dans les mèches soyeuses de ses cheveux et, à chacune de mes inspirations, mes seins se pressaient contre son torse. Je n'avais plus peur, n'étais plus inquiète, mon corps se détendait et se ramollissait sous lui.

Mon sang chauffait, mes tétons se dressaient et mes cuisses devenaient humides. Mon corps n'attendait qu'eux.

« Brody... je veux... plus... » murmurai-je contre sa bouche. Un baiser n'allait pas me suffire. Ils m'y préparaient depuis des jours, avec leurs mots et avec leurs gestes, ils m'avaient promis... plus.

Mason s'était levé. Il me prit la main et me souleva pour me déshabiller sans plus attendre, tandis que Brody m'enlevait mes bottes.

« Est-ce qu'elle aura le droit de porter un corset ou est-ce qu'elle doit rester nue sous ses robes ? demanda Mason en me retirant le vêtement en question.

— L'idée de la savoir nue sous une robe convenable me plaît beaucoup, répondit Brody. Je n'ai pas eu beaucoup d'occasions de profiter de sa poitrine et j'ai hâte d'y remédier. »

Mason laissa tomber le corset par terre et Brody me tourna vers lui. Il était assis au bord du lit et avait mes seins à hauteur des yeux. Il prit un sein dans chacune de ses mains, ses callosités effleurant ma peau sensible. « Ils sont parfaits, mon cœur. »

Ses pouces en effleurèrent les pointes et cette sensation qui se répandait dans tout mon corps me fit gémir. Ma chatte était mouillée, un jus d'excitation couvrait mes cuisses et mon sexe se crispait d'impatience. Brody ne s'arrêta pas là – il commença à tirer et à pincer le bout de mes seins.

Je perdis l'équilibre et posai mes mains sur ses épaules. « Brody !

— Tu veux que j'y pose ma bouche ? » Il n'attendit pas ma réponse, baissa juste la tête et prit un téton entre ses lèvres, le léchant un instant avant de le sucer.

« Tu aimes ça, mon cœur ? » murmura Mason qui se tenait juste derrière moi. Il embrassait mon cou et mon épaule, me caressait les côtes. « Ta peau est comme de la soie. »

Laissant Brody me sucer un sein, Mason s'amusait à me caresser l'autre. Je ne sus pas combien de temps ces attentions durèrent, mais quand Brody releva la tête, mes hanches s'étaient collées à lui par reflexe.

« Tu crois qu'elle aime aussi qu'on lui fasse mal de temps en temps ? » demanda Mason.

Avant que je proteste, il agrippa mes seins, ses énormes paumes les couvrant complètement. À côté de mon teint pâle, sa peau paraissait sombre et virile. Les doigts pincèrent mes tétons et Mason tira lentement les bouts vers l'extérieur, les étirant sans ménagement et sans jamais relâcher. Je me penchai en avant pour atténuer cette douleur exquise et je gémis. Il ne céda pas, se contenta d'exercer une pression constante avant de pincer une dernière fois.

« Mason ! » Je gémis à nouveau et griffai les épaules de Brody. J'écarquillai les yeux en fixant ceux de Brody. J'y trouvai une chaleur, un besoin, un désir. Il me guettait, s'assurait de ne pas vraiment me blesser. C'était douloureux, mais Mason ne me faisait pas mal. Pas du tout.

Mason lâcha prise et soutint mes seins pour que Brody puisse les téter doucement l'un après l'autre, qu'il puisse apaiser ma peau irritée. Il ne s'attarda pas et mon excitation exacerbée n'eut pas le temps de diminuer – Mason répéta ses sévices. Je fixai Brody, il glissa une main entre mes jambes et caressa d'un doigt mes petites lèvres. Je ne pouvais pas bouger, je ne pouvais rien faire à part profiter de leurs caresses.

« Elle mouille beaucoup, annonça Brody. Elle aime ça. Tu aimes ce que te fait Mason, mon cœur ?

— Je... oh ! » Je soupirai. Je ne pouvais pas répondre, car Brody me caressait le clitoris. De son autre main, il entoura mon sexe. Ils avaient tenu leur promesse et ne m'avaient pas pénétrée avant le mariage.

« Je suis votre femme maintenant. S'il te plaît, Brody, » suppliai-je. Je collai mes hanches vers lui pour mieux sentir ses doigts et il sourit.

« Tu me demandes de te baiser, mon ange ? Tu veux une bite dans la chatte ? »

J'acquiesçai vigoureusement.

« Voyons à quel point. » Il plongea son doigt à l'intérieur et je resserrai ma chatte autour.

12

LAUREL

« AH ! » J'EN VOULAIS PLUS. JE N'ALLAIS PAS ME CONTENTER DE son doigt, j'avais besoin de plus, mais son doigt était gros et je n'avais aucun expérience.

« Elle me serre. Mason, elle va nous comprimer la bite. » Il enfonça encore son doigt. « Je veux que tu jouisses. Pendant que Mason te caresse la poitrine, je vais m'occuper de ta chatte... oui... là et tu vas jouir. Maintenant. »

Je n'eus aucun mal à suivre ses ordres, car ils m'avaient tous deux excitée. Brody savait où me caresser pour me faire jouir dans l'instant. Ou peut-être que leurs efforts combinés m'aidaient à me laisser aller. Peu importait, je criai, traversée par un plaisir intense et chaud que j'aurais aimé faire durer plus longtemps. Je remuai mes hanches, les agitai autour du doigt de Brody. Il ne l'enfonça pas plus loin, il se contenta de frotter toujours le même point. Un délice...

Je sentis la bouche de Mason contre mon épaule trempée

de sueur – il avait lâché mes tétons et attrapé mes seins, s'y agrippant comme s'il jouait là sa vie. Brody se pencha et m'embrassa lentement mais fougueusement. Il se recula et croisa mon regard. « Déshabille Mason, mon cœur. »

Il prit mes poignets dans ses mains et je dus faire volte-face. Mason se tenait là, grand et robuste, qui attendait. Je l'observai de la tête aux pieds, dans les moindres détails, et je devinai le contour de sa queue plaquée contre son pantalon.

« J'ai hâte de te baiser, » dit-il. Cette phrase me donna des frissons dans tout le corps. Je déboutonnai sa chemise pendant qu'il enlevait ses bottes. Il abandonna sa chemise pendant que je le débraguettai et que je faisais glisser son pantalon jusqu'au sol, libérant ainsi une queue rouge, épaisse et gonflée de désir. Un liquide clair perlait au bout du gland.

Je jetai un coup d'œil par-dessus mon épaule et vis que Brody finissait d'enlever son dernier vêtement – nous étions tous nus. « Allonge-toi, » dit Brody.

Je m'assis au bord du lit avant de m'allonger lentement, encore hésitante. J'étais toujours aussi excitée, même après ce premier orgasme, peut-être même davantage. Leurs bites gonflées me prouvaient leur désir. Ils avaient eu raison – mon corps ne mentait pas. Je les désirais désespérément et le liquide qui coulait le long de mes cuisses n'en était pas le seul signe.

« Tu as peut-être épousé Mason, mais c'est moi qui vais te prendre ta virginité. Je l'ai effleurée du bout du doigt tout à l'heure. Elle est à moi, mon cœur, et tu vas me la donner. Écarte les jambes maintenant qu'on profite de ta jolie chatte. »

J'étais surprise par ses mots crus et sa grossièreté. Je remontai les genoux, posai mes pieds sur le dessus de lit. Comme je n'écartai pas les cuisses, Brody haussa juste un sourcil et attendit.

Les deux hommes me fixèrent. Ils étaient nus et beaux. Brody était le plus grand des deux, Mason était le plus large d'épaules. Les poils qui couvraient leurs torses étaient de couleurs remarquablement différentes, mais des muscles impressionnant ondulaient sous leur peau à tous les deux. Leurs bites étaient toutes deux dirigées vers moi, pleines de désir.

Je me léchai les lèvres en me souvenant du goût de leur peau douce, ferme mais satinée, du goût salé de leur foutre. En écartant mes jambes, je me révélai à eux de plusieurs façons. Je ne leur donnais pas seulement mon corps, je leur ouvrais aussi mon cœur, car je leur montrais que j'avais confiance en eux, en leur capacité à me protéger, à prendre soin de moi et à me chérir. Ils avaient dit qu'ils me protégeraient de M. Palmer ou de mon père et que je n'avais plus rien à craindre. Je n'avais pas d'autre choix, tout comme je n'avais pas d'autre choix que d'écarter encore un peu mes cuisses, sous leurs regards avides.

Leurs yeux se faufilèrent entre mes cuisses.

« Sa chatte ruisselle. Je le vois d'ici.

— Ces petites boucles sont ravissantes. »

J'avais envie de resserrer les jambes, mais je savais qu'ils m'ordonneraient juste de les écarter à nouveau.

« Nous la raserons plus tard. »

Mes yeux s'écarquillèrent en entendant ces mots.

« Il faut tout de même laisser un peu de roux. Nous verrons cela plus tard. Pour l'instant, je veux la baiser, » dit Brody, se positionnant entre mes cuisses.

Ma peau brûlait. J'étais toute rouge, je pouvais le sentir. La couette sous mon dos était douce, la pièce était uniquement éclairée par la douce lueur de la lampe de chevet. Le goût de leurs baisers à tous les deux se mêlait dans ma bouche. Brody serra le poing autour de sa bite, se pencha quelque peu et colla son gland contre ma chatte. Il le fit glisser de haut en bas le long de mes petites lèvres avant de s'immobiliser et de presser vers l'avant.

La pression me fit grimacer. Sa queue était grosse, tellement plus grosse que son doigt, et il ne l'avait même pas encore vraiment enfoncée. Je savais qu'il allait plonger en moi toute sa longueur et je me crispai d'appréhension à l'idée de la douleur – je n'étais même pas certaine de pouvoir l'accueillir en entier. J'agrippai la couverture.

« Attends, » dit Mason. Brody se figea et je me crispai encore plus. Je haletai. « Elle n'est pas prête. »

Brody leva les yeux et nos regards se croisèrent. « Ah, » dit-il de sa voix rauque et grave. Il lâcha sa queue et approcha son visage du mien, me touchant presque du bout du nez.

« Chut, » fit-il avant de m'embrasser tendrement et délicatement. « Écoute, mon cœur. »

Je pouvais voir chaque poil de sa barbe de trois jours, chaque reflet doré.

« Tu sais ce qui me fait bander chez toi ? »

Je secouai la tête sans le quitter des yeux.

« Les petits bruits que tu fais quand tu jouis. Ta façon de te mordre la lèvre inférieure. La couleur de tes tétons.

— Oh, murmurai-je.

— J'aime le goût de ta chatte, ajouta Mason. La façon dont tes yeux s'écarquillent de surprise quand tu jouis, se ferment quand tu succombes.

— On ne te fera jamais de mal, mon cœur, murmura Brody.

— Mais elle est... elle est trop grosse, avouai-je. Jamais elle ne rentrera. »

Brody me caressa les cheveux pour me rassurer. « On va commencer par plus petit, d'accord ? »

J'acquiesçai, apaisée par ses paroles, par son ton doux.

Il se baissa pour glisser ses doigts contre mes petites lèvres. Un doigt se glissa à l'intérieur et mes hanches se cambrèrent. Il l'enfonçait plus loin que la première fois et je me crispai à nouveau.

« Là, tu sens, c'est ton hymen. Il est réservé à ma bite. » Il retira un instant son doigt et m'en enfonça deux. Mes yeux s'écarquillèrent et je ressentis une légère brûlure, mais c'était bon... tellement bon.

« Tu vas bien ? » demanda-t-il, inquiet.

Je lui fis signe que oui. J'allais plus que bien. Il m'offrait des sensations incroyables.

« C'est bien, bouge tes hanches pour te faire du bien. Juste comme ça. Je rajoute un autre doigt, mon cœur. »

Je criai de le sentir en moi. Ses doigts m'étiraient et pour la première fois je me sentais remplie, mais ils ne s'enfonçaient pas suffisamment. Je ne pouvais pas arrêter le mouvement de mes hanches et j'en devenais presque fiévreuse. J'avais besoin de plus. J'avais chaud partout et je poussai les petits bruits que Brody aimait tant.

« Tu es prête pour plus ? »

Brody aussi respirait fort et je voyais bien qu'il faisait un effort en se montrant patient. Une goutte de sueur coulait sur son front et ses joues étaient rouges.

« Oui, s'il te plaît.

— Ah, j'adore l'entendre supplier, » dit Mason. Il s'était installé à côté de moi, avait glissé sa main derrière mon genou et soulevé ma jambe pour m'écarter les cuisses. « Brody va te dépuceler maintenant, chérie, et je vais regarder. »

Ses mots apaisèrent mes dernières craintes, mais mon excitation était si intense que j'arrivais à peine à me rappeler pourquoi j'avais refusé sa bite dans un premier temps.

Je n'avais plus peur cette fois quand il colla son gland contre ma chatte. Au lieu de cela, je me plaquai contre lui, le laissant glisser en moi.

« Elle est... Mon dieu, Mason, sa chatte est tellement

étroite. » Brody serra les dents et commença un mouvement de va-et-vient, encore et encore, jusqu'à ce que je grimace. Sa queue était grande et épaisse – il m'emplissait déjà et il ne m'avait pourtant pas encore pénétrée complètement.

« Tu es à nous, Laurel. À nous. »

Brody prit une profonde inspiration et donna un coup de rein vers l'avant, brisant ma fine membrane et me pénétrant à fond. Je criais de douleur, mais aussi de satiété. J'avais l'impression qu'il me déchirait en deux, mais qu'il nous unissait, que nous ne faisions plus qu'un.

Il se tenait immobile et me regardait, attendait que je croise son regard. « Ça va ? » demanda-t-il.

Je me crispai autour de sa queue et il gémit. « Je veux attendre un peu le temps que tu t'habitues, mais si tu fais ça, je ne vais pas pouvoir résister. »

Je haussai les sourcils. « Ce n'est pas tout ? »

Brody eut un sourire espiègle. « Tout ? Chérie, il y a tellement plus. »

Lentement, il se recula avant de me pénétrer à nouveau. Je gémis.

« Tu es belle, Laurel. Brody va te baiser maintenant. Rien ne l'arrêtera. Nous sommes tous unis à présent. »

Brody remuait ses hanches pour me faire profiter de sa queue, pour qu'elle me caresse, qu'elle me remplisse, qu'elle me baise. Le soupçon de douleur se dissipa rapidement et seul le plaisir resta. Ma cuisse caressait le flanc de Brody de haut en bas. Son gland caressait le point découvert plus tôt et qui m'avait fait jouir si facilement. Je fermai les yeux, basculai la tête vers l'arrière tandis qu'il me faisait découvrir de nouvelles sensations. Mason resserra son emprise sur ma jambe et tira encore mon genou en arrière. Il glissa un doigt sur mon clitoris qu'il caressa.

Je jouis en un éclair violent dont l'intensité me surprit. Je me cambrai et hurlai, assourdissant probablement Brody au passage.

Brody ne ralentit pas ses mouvements, mais les accéléra au rythme des secousses qui me transperçaient.

« C'est tellement bon, » dit-il en me pénétrant à fond avant de s'immobiliser. Je sentis sa queue gonfler en moi et son foutre brûlant m'envahir.

Après cette explosion de plaisir, je restai étendue – couverte de sueur, mais heureuse. Mason avait relâché son emprise et je caressai les côtes de Brody avec mes genoux. Je ne savais pas que ce serait comme ça. Une véritable union, charnelle et merveilleuse.

Les souffles de Brody me brûlaient le cou, mais après quelques instants – le temps de se calmer –, il se redressa et se retira. Je me sentais vide, mais toujours excitée, comme si j'avais besoin de plus. Son foutre chaud coulait entre mes cuisses et sur la couverture en-dessous.

Assis devant moi, il baissa les yeux sur ma chatte. « Elle est parfaite, dit-il avec une expression apaisée et ravie. J'aime voir mon jus couler juste là.

— A mon tour, dit Mason d'une voix ne contenant aucune note de plaisir. Ma bite me fait mal tellement j'ai envie de toi, Laurel. Je me suis contenté de regarder ton visage pour ta première fois. »

Brody se leva et Mason prit sa place. « Tourne-toi, mon cœur. »

Mes yeux s'écarquillèrent, mais je m'exécutai. Je jetai un œil par-dessus mon épaule, inquiète. « Pourquoi tu veux que je sois dans cette position ? »

Mason sourit en m'agrippant les hanches. « Je vais te baiser par derrière.

— Par de... » Il colla sa queue contre ma chatte et je compris. Il lova son corps contre le mien et je sentis son torse velu contre mon dos. Il embrassa ma nuque et me pénétra. D'un seul coup, il s'enfonça à fond. Aucune douleur cette fois, seulement une tension qui me fit gémir. Quand ses hanches se pressèrent contre mes fesses, je compris qu'il me baisait à fond.

« Tu as raison, Brody. Sa chatte est étroite. Tu aimes ça comme ça, chérie ? »

Il se retira, me pénétra à nouveau et fit claquer mes fesses. Je sentais le foutre de Brody le long de mes cuisses. La bite de Mason ne me procurait pas les mêmes sensations, cette position ne stimulait pas les mêmes zones, c'était complètement différent. « Elle est... Elle est si grosse et longue.

— Je sais. Ta chatte caresse chaque centimètre de ma bite. »

Il caressa mes fesses et passa le pouce contre ma petite rondelle.

« Mason ! » J'essayai de m'échapper, mais sa queue était profondément ancrée en moi et il me tenait fermement dans son étreinte.

« On va te faire jouir par là aussi, mon cœur. Pas aujourd'hui, mais bientôt. On t'a préparée à cela, mais pour l'instant, j'ai just envie de te baiser. Je vais te ramoner maintenant et tu vas jouir. »

Il était exigeant et il ne doutait pas le moins du monde de pouvoir me faire jouir une nouvelle fois. La sensation du bout de son pouce qui effleurait mon anus m'avait surprise, mais elle m'avait excitée au point de me crisper autour de sa queue. Je n'en pouvais plus tellement j'étais en chaleur et je ne le supportais plus. J'avais hâte qu'il fasse... tout ce qu'il voulait de moi. Quand il commença à bouger, je gémis, soulagée. Ses hanches entamèrent leur va-et-vient et il se servit de sa queue comme d'une arme pour venir à bout de mes dernières résistances. Je savais que j'avais raison ; j'allais jouir et je ne pouvais pas l'empêcher.

Des mains agrippèrent ma poitrine et pincèrent mes tétons. Brody. Quand ses doigts attrapèrent le bout de mes seins, je rejetai la tête en arrière et me laissai aller à ma jouissance, envahie par une chaleur sublime. Mon cri s'étouffa dans ma gorge, tout mon corps se crispa et je sus que je lui comprimai la queue. Il n'arrêta pas de bouger, il donna des coups de rein encore plus violent. Son pouce se dégagea de mon cul et ses mains agrippèrent fermement mes hanches.

Je n'en finissais plus de jouir, car sa queue continuait à caresser des zones à l'intérieur de moi qui me procuraient un plaisir incroyable. La transpiration couvrait ma peau et j'agrippai la couverture. Je sentais la bite de Mason s'épaissir, gonfler en moi et il me mordit l'épaule, sa queue tout entière en moi. Il gémit et je sentis un flot de sperme chaud me remplir, couler autour de son sexe jusque sur mes cuisses.

Brody se tourna vers moi pour m'embrasser. Je le regardai dans les yeux. « Tu es à nous, mon cœur. »

À nous. Rien ne me faisait plus plaisir.

13

RODY

« Où est Mason ? » demanda Laurel. Elle était à quatre pattes au bord du lit, les cuisses bien écartées.

« Mon ange, je t'enfonce le pouce dans le cul et tu me demandes où est Mason ? » Le lubrifiant que je frictionnai en elle facilitait mes mouvements. Cela faisait trois jours que nous l'avions baisée pour la première fois et nous n'avions pas arrêté de la faire jouir, seul ou tous les deux ensemble.

Ses hanches se calèrent contre ma main et elle gémit. « C'est juste que... Vous me prenez toujours tous les deux d'habitude le matin. »

Trois jours ne représentaient pas une « habitude, » mais elle s'adaptait rapidement aux attentions de ses deux maris. Nous avions passé ces derniers jours à lui préparer le cul, dans le but de la prendre tous les deux en même temps. Pour l'instant, nous ne l'avions baisée que chacun notre tour, ce n'était pas la même chose. J'avais hâte de pouvoir lui ramoner la chatte pendant que Mason lui prendrait le cul. Elle n'aurait plus aucun doute à propos de notre mariage à trois, qu'elle ne remettait déjà plus en question depuis quelque temps.

« Tu nous as peut-être épousés tous les deux, mais nous n'allons pas toujours te baiser ensemble. Il m'arrivera peut-être de vouloir m'amuser avec toi tout seul comme aujourd'hui. Est-ce que Mason te prépare le cul de cette manière ? »

Elle secoua la tête. « Non, il... il m'allonge sur le dos.

— Ah oui ? » Je bandais déjà tellement que j'aurais pu défoncer un étang gelé, mais rien qu'à l'écouter évoquer les gestes de Mason mes couilles se comprimaient, prêtes à faire gicler mon foutre.

« Raconte-moi ce qu'il te fait, ma chérie. » Je continuai à la lubrifier et à la masser, en enfonçant mon pouce de plus en plus profondément.

« Je tiens mes genoux contre ma poitrine. Il... dit qu'il aime voir ma chatte rasée. »

J'aimais cela aussi. Nous lui avions laissé quelques-uns de ses poils roux, qui nous excitaient tant, mais il ne restait presque plus rien. Quand nous léchions sa chatte lisse désormais, rien ne cachait ses jolies lèvres roses. Elles étaient toujours mouillées et couvertes de son jus.

« Est-ce qu'il te pince les tétons quand il te prépare le cul ? »

Elle soupira et je pus enfoncer encore plus mon pouce. Elle dégageait tellement de chaleur et son cul me serrait si fort que je savais déjà qu'elle me ferait très vite défaillir.

« Oui, et ça fait mal.

— Ça fait vraiment mal ou ça fait mal juste comme il faut ? »

Je ne pouvais plus me retenir. Je me redressai, plaquai ma

trique contre sa chatte avant de donner un coup de rein, tout en gardant mon pouce dans son cul. Je l'étirai au maximum et poussai un soupir d'aise.

Laurel gémit. « J'aime que tu me fasses mal. »

Je souris et me laisser aller. Elle avait beau être petite et délicate à côté de nous, elle tenait la distance. En fait, nous avions même compris qu'elle aimait qu'on la chahute un peu et ce n'était pas une mauvaise chose parce que je n'en pouvais réellement plus de me retenir. Je lui donnai des coups de rein, encore et encore – mes couilles venaient lui gifler la chatte. Comme je l'avais déjà bien préparée, elle n'allait pas tarder à jouir et je sentais son sexe se contracter, comme si elle essayait de m'aspirer en elle. Elle jouit en poussant un cri et je l'imitais quelques secondes après.

« Ça fait tellement de bien, » répétai-je en me retirant. Je la pris dans mes bras pour que nous restions couchés l'un contre l'autre.

Mason nous découvrit dans cette position une heure plus tard.

« Il est neuf heures passées, grommela-t-il. Il y en a qui ont du travail ce matin. »

Laurel remua dans mes bras. Elle ne s'inquiétait plus de devoir se déshabiller devant nous. De toute évidence, Mason voyait tout d'elle. J'embrassai son épaule, puis me levai pour mettre mes vêtements.

« Je suis allé chez Ian et Kane pour récupérer les vêtements qu'Emma a choisis pour toi au magasin. »

Ses yeux s'illuminèrent.

« Tu n'aimes pas être nue, chérie ?

— J'en ai simplement assez de porter ma robe déchirée.

— Tiens. » Il jeta un nouveau corset de couleur crème sur le lit. « Tu peux porter ça aujourd'hui. »

Elle se redressa sur le coude et caressa l'ourlet de dentelle, mais fronça vite les sourcils. Elle ne se doutait à quel point elle avait une allure décadente allongée de cette manière. « Et il n'y a pas de robe ? »

Mason lui fit signe que non. « Pas de robe pour aujourd'hui. Demain je te donnerai un vêtement supplémentaire.

— Des bas, » lui dis-je.

Il acquiesça. « Bonne idée. Demain ce sera des bas.

— J'aimerais au moins avoir quelques culottes. »

Mason lui indique que c'était hors de question. « Pas de culottes.

— Mais...

— Pas de culottes, répéta Mason. Tu finiras par porter des vêtements, mon cœur, mais pour le moment nous voulons profiter de notre femme dans la plus simple des tenues. Tu vois un peu l'effet que tu me fais ? »

Il pointa du doigt son entrejambe où sa queue dressée ferait bientôt craquer sa braguette.

Elle s'amusait de voir le pouvoir qu'elle avait sur nous.

« Brody t'a préparé le cul ce matin ? »

Ses joues s'empourprèrent quelque peu. Elle n'était peut-être plus vierge, mais restait innocente. « Oui, » murmura-t-elle.

Mason fit un signe de son menton. « Montre moi. »

Lentement, elle se retourna sur le ventre.

« Pas comme ça. Tu sais bien comment je veux que tu te mettes. »

Elle se tourna, posa les pieds à plat sur le lit et écarta les cuisses. Si ses tétons ne s'étaient pas dressés de désir, j'aurais pu l'imaginer inquiète, mais elle avait sans doute simplement peur d'y prendre trop de plaisir.

« Lève les genoux, s'il te plaît. »

Mason se leva, jambes écartées, bras croisés sur la

poitrine. Il n'était pas intimidant, mais il avait l'air intransigeant.

Agrippant ses genoux, elle les tira en arrière de manière à les plaquer contre sa poitrine.

« C'est bien. » Il s'agenouilla par terre, le nez devant sa chatte. « Tu es encore couverte de lubrifiant et je vois que Brody t'a baisée comme il faut.

— Mason ! cria Laurel.

— Viens-là. » Mason lui tendit un plug plus gros que celui que nous avions utilisé jusque-là. « Lâche un de tes genoux et enfonce-toi ça dans le cul. Je veux te voir t'enculer. »

Elle leva la tête et le regarda, bouche bée. « Quoi ?

— Tu m'as bien entendu. Allez, fais-le, s'il te plaît. »

Elle prit le plug que j'avais enduit de lubrifiant, tendit la main pour le presser contre son petit bouton de rose. Je bandais déjà de plus belle.

« Maintenant, enfonce-le. Branle-toi le cul avec ce plug.

— Mais...

— Si tu fais ce que je te demande, Laurel, je te ferai du bien. Brody aussi. Je te caresserai le clito comme tu aimes et Brody te massera la poitrine, mais seulement si tu t'enfonces ce plug.

— Ah oui, s'il vous plaît, » soupira-t-elle.

Je me plaçai sur le lit et l'observai. Laurel se mordit la lèvre et commença lentement à enfoncer le plug dans son cul. Elle le colla contre son petit trou rose et gémit en le faisant pénétrer. Sa petite rondelle se referma autour de ce morceau de bois et se cala juste avant une petite protubérance. Elle prit une profonde inspiration, s'habitua à la sensation et, de mon côté, je commençai à tirer et à pincer le bout de ses seins.

Mason glissa un doigt dans sa chatte pour y chercher un peu de son jus et l'étaler contre sa petite perle rose, avant de lui prodiguer les caresses qu'elle attendait.

« C'est tellement bien, ma chérie. Maintenant, fais des va-et-vient. Ce renflement va t'étirer et te préparer à accueillir nos bites. Tu vas jouir très vite. »

Mason avait raison. Elle ne mit pas longtemps à grimper aux rideaux ; elle avait tiré en elle le renflement avant de le ressortir. Il n'en fallait pas plus. Elle jouit, les yeux fermés, la bouche ouverte et la peau rosie. Nous étions heureux de voir ce spectacle, de voir nos mains la caresser et lui donner du plaisir. Savoir qu'elle aimait jouer avec son cul me donnait envie de l'enculer pour la première fois, mais il était trop tôt. Elle n'était pas tout à fait prête. Bientôt. Très bientôt.

Dès qu'elle s'apaisa, Mason lui retira le plug. Elle était repue et béante, complètement désinhibée.

« Qui te donne tout ce plaisir, mon cœur ? » demanda Mason.

Elle se lécha les lèvres. « C'est vous.

— Oui, exactement. Brody et moi. Et à qui appartiens-tu ? »

Elle ouvrit les yeux et nous fixa chacun notre tour. « Vous deux.

— C'est très bien. »

LAUREL

Ce matin, Mason m'avait finalement donné une des jolies robes choisies par Emma. Elle était d'un vert foncé qui, avait-il dit, mettait parfaitement en valeur mes yeux. Mes hommes – j'aimais pouvoir utiliser ce pronom possessif – continuaient de me couvrir d'attentions, chacun leur tour ou ensemble. Quand Ann m'avait dit que ses hommes la chérissaient, elle ne s'était pas vantée. Mason et Brody étaient toujours attentionnés, non seulement en tant qu'amants, mais également en tant que mari. Ils m'obligeaient à passer certaines journées vêtue d'un simple corset ou d'une paire de bas et ne m'avaient pas permis jusqu'à aujourd'hui de m'habiller décemment. J'étais heureuse de me trouver complètement couverte, mais lorsque Brody avait glissé sa main sous mes jupons et qu'il avait senti mes jambes nues, une chaleur intense s'était allumée dans son regard. J'étais ravie de deviner ses pensées ; ma chatte mouillait pour eux et ils pouvaient me prendre dès qu'ils le désiraient.

Nous étions mariés depuis une semaine et je n'avais pas encore quitté la maison, mais j'avais toujours été occupée. Aujourd'hui cependant, mes maris devaient passer la journée à l'écurie, parce qu'un nouveau poulain était né la veille et qu'il fallait qu'ils s'occupent des tâches d'Ian et Simon, restés debout toute la nuit pour la naissance.

Le calme qui régnait dans la maison ne me dérangeait pas, mais il semblait étrange. Un des avantages d'être mariée à deux hommes était que j'avais rarement un moment à moi. Même quand j'étais seule et que je lisais un livre bien installée dans un fauteuil près du feu, ils étaient avec moi – je ne pouvais pas oublier mes hommes quand je sentais encore leur foutre sécher contre mes cuisses.

J'entendis la porte s'ouvrir et je souris, pensant que l'un d'eux revenait tenir sa promesse et me baiser sur le canapé. Je me levai pour traverser la pièce et aller à leur rencontre, mais il ne s'agissait ni de Brody ni de Mason. Devant moi se tenait M. Palmer.

Je me plaquai ma main contre ma poitrine et me figeai. Mon cœur battait à cent à l'heure à la vue de cet homme.

« Que faîtes-vous ici ? demandai-je.

— Je viens chercher ma femme, dit-il d'une nasale et faible.

— Votre femme ? » Il continuait à me regarder, alors

j'ajoutai : « Je suis déjà mariée. Il va falloir que vous vous en trouviez une autre.

— Oui, j'ai entendu parler de ton mariage. Tout le monde en parle en ville. Ton père et moi sommes la risée de tous les habitants de la région. On est venus te chercher et ils t'avaient cachée depuis le début. » Il secoua lentement la tête, ses joues grasses tremblaient. « Peu importe que tu aies connu un autre homme ou pas. Je ne veux pas d'une autre femme. Je te veux, toi. »

Je me pointais du doigt. « Moi ? Pourquoi y tenez-vous à ce point ? Comme vous venez de le dire, je suis la femme d'un autre. » Il n'avait pas fait allusion au fait que j'étais à la fois mariée à Mason et à Brody. Les gens en ville ne devaient pas le savoir.

Il grimaça. « Je ne tiens pas à t'épouser toi, idiote. Je veux ton domaine. »

Quoi ? Je fronçai les sourcils et secouai la tête. « Mon domaine ? Mais je n'ai rien.

— Tu possèdes toute la propriété Turner et elle devait me revenir. »

Ses yeux s'étrécirent et il se rapprocha encore. Je me reculai de manière à garder une bonne distance entre nous.

« Cette propriété ne m'appartient pas. Elle appartient à mon père. »

Il ferma brièvement les yeux et serra les poings. « Ton père avait un problème de jeu et j'ai gagné la propriété en contrepartie.

— Quoi ? » Mon père était un homme riche, assez riche pour me garder dans un bon pensionnat pendant treize ans. Sa maison était immense et ses terrains s'étendaient à perte de vue.

« Il jouait et me devait plus d'argent qu'il n'en avait à la banque. » Il haussa les épaules. « Alors je lui ai réclamé son ranch... et toi, en prime.

— Je ne suis pas à vendre.

— Non, tu n'es pas à vendre, mais je t'ai gagnée à la loyale. »

14

AUREL

JE RECULAI ENCORE D'UN PAS.

« Il doit y avoir une erreur.

— Ma seule erreur a été de laisser ton père te céder tous ses biens dans son testament.

— Il... Il a fait quoi ? Mais il ne m'aime même pas. Je ne l'avais pas vu depuis plus de dix ans !

— Peu importe. Il t'a tout légué. »

Où étaient Brody et Mason ? J'aurais préféré ne pas être seule avec cet homme ! Il n'y avait rien d'autre à faire que d'essayer de lui échapper – il n'avait visiblement plus toute sa tête. J'essayai donc de m'enfuir, mais il m'attrapa dans le couloir, m'agrippa le bras et me fit pivoter vers lui.

« J'ai épousé Mason. Vous ne pouvez plus m'avoir ! » Je me débattis.

« Oh que si, je peux. » Il fourra la main dans sa poche et en tira un morceau de papier. « Un contrat de mariage qui dit que je t'ai épousée il y a deux semaines. Tu es Mme Palmer. »

Je secouai la tête. Il était fou.

« Non, ce n'est pas vrai. Ce n'est pas réel. Nous nous sommes mariés dans une église.

— Oh si, c'est bien réel. Le juge l'a signé et ton supposé mariage avec l'homme de Bridgewater n'a aucune valeur. »

Aucune valeur ? Mon mariage avec Mason et Brody représentait tout pour moi. Ils avaient été les premiers à me voir comme une personne, comme une femme, et non comme un pion ou une propriété. Ils ne m'avaient pas épousée pour m'envoyer au loin. Je savais désormais que d'autres pouvaient se soucier de moi, prendre soin de moi. Ils m'avaient montré ce qu'était l'amour.

« Non. » Je secouai la tête. « Non. Vous devez parler à mon père. S'il m'a légué le ranch, demandez-lui simplement de changer son testament. Je ne veux rien avoir à faire avec ça. Comme je le disais, je le connais à peine, alors pourquoi venir me voir ? »

Il me serra encore plus fort le bras.

« Moi, je le connais plutôt bien, mais je ne peux rien y changer parce qu'il est mort. »

Je restai immobile. Que voulait-il dire ? « Mort ? Mon... mon père est mort ? »

Un voile noir et douloureux me tomba sur les yeux et il sourit. « Il a essayé de me doubler, de m'empêcher de récupérer une propriété qui me revenait de droit. Par alliance. Il était stupide de penser qu'il s'en tirerait. Bien sûr que oui, il est mort. Je lui ai tiré dessus... oui... entre les yeux. » Du bout du doigt, il se tapotait le front. « Et je te réserve le même sort. »

Il avait tué mon père et je me retrouvais seule à la maison avec lui. Ses yeux de fou me faisaient paniquer et je me débattais toujours contre son emprise.

« Quel que soit votre plan, je ne peux pas vous aider si vous me tuez. » Il fallait que je trouve une issue ! Rester ici avec lui ne pouvait pas bien se terminer. Il avait tout manigancé depuis le début. Quand ils étaient tous venus au ranch l'autre jour, c'était Palmer qui avait mené la danse. Mon père me cherchait juste pour rembourser une dette.

« Je voulais te garder, au début. Je n'étais pas contre l'idée de me dégotter une vierge gardée au frais comme une nonne, mais tu es devenue une pute en restant à Bridgewater. Je ne te garderai pas une minute de plus. (Il secoua lentement la tête.) Non, mes projets à ton sujet ont changé. Je n'ai pas besoin de toi vivante pour hériter de cette propriété tant que j'ai ce contrat de mariage. En fait, il est même préférable que tu meures. »

J'écarquillai les yeux et mon cœur battait contre mes tympans. « Quoi ? Pourquoi ?

— Ce mariage fait de moi le propriétaire que je sois ton mari... ou veuf. Puisque tu as déjà servi et que tu ne vaux plus rien pour moi, je compte bien devenir veuf. Je veux ce terrain. Il a plus de valeur que toi. »

Il rangea le contrat de mariage dans la poche de sa veste et en tira une arme à feu. Un pistolet ! Je n'eus pas le temps de réfléchir, juste d'agir. J'agrippai son poignet avec mes deux mains, me battant pour l'empêcher de pointer l'arme dans ma direction, mais il était plus fort et plus gros que moi. Je tirai de toutes mes forces, mais il parvint à tirer un coup de feu – la balle alla heureusement se loger dans le mur. Je haletai, sous le choc – il avait manqué ma tête de peu. Le bruit était assourdissant et mon oreille résonnait encore.

Je me rappelai les paroles d'un de mes enseignants à l'école, qui évoquait un moyen de se défendre d'avances inappropriées. À l'époque, je n'imaginais pas que cela pourrait fonctionner – je ne rencontrais pas assez d'hommes pour imaginer un jour utiliser cette solution –, mais le corps des hommes n'avait désormais plus aucun secret pour moi. Je levai le genou aussi vite que possible, entre ses cuisses et frappai dans le mille, en plein dans sa... dans ses parties d'homme. Je ne pouvais pas parler de bite, car ce mot était réservé à Mason et à Brody – elles étaient dures, grosses et rien qu'à moi. Cet homme... L'idée même de son sexe me mettait en colère. Il poussa un couinement aigu et se plia en deux. Ses muscles se relâchèrent et je parvins à lui prendre son arme.

Ma respiration s'était accélérée et la sueur recouvrait mon front. Je lui mis un nouveau coup de genou avant de sortir précipitamment de la pièce – ma longue robe s'empêtrait autour de mes jambes. Je ne pensais qu'à retrouver Mason et Brody, à tomber dans leurs bras pour qu'ils me protègent, qu'ils me protègent de tout ce qui était mauvais dans ce monde. Avec des doigts tremblants, j'ouvris la porte d'entrée et me précipitai sur le perron. Je levai le pistolet au-dessus de ma tête et tirai un coup de feu qui me secoua tout le bras.

Je me rappelai ce qu'Emma et Ann m'avaient dit. Trois coups de feu annonçaient un danger. Je tirai à nouveau, les yeux fermés et le corps crispé.

« Toi ! » M. Palmer était voûté, mais il s'approchait rapidement de moi. Dans ses yeux se distinguait une lueur mauvaise. J'avais l'impression de me trouver nez à nez avec un ours sortant de son hibernation et non seulement il avait de mauvaise intention, mais il était également très en colère. « Tu es une salope. Tu vas... »

Au moment où il s'apprêtait à sortir de la maison pour m'attraper, je me tournai et visai. C'était lui ou moi. Pan.

MASON

. . .

Nous avions offert à Laurel une des jolies robes choisies par Emma. Une robe d'un vert foncé qui mettait en valeur la couleur de ses cheveux et correspondait parfaitement à la couleur de ses yeux. Brody et moi avions aimé la voir se balader vêtue d'un simple corset et ensuite de son corset et de ses bas, mais j'étais heureux de savoir qu'il suffisait que je remonte sa robe pour la trouver nue et prête juste en-dessous. Brody et moi étions les seuls à connaître ses secrets, à pouvoir sentir ses petites lèvres chaudes et mouillées, et je ne m'en lassais pas.

Nous étions tous les deux à l'écurie, en train de tout décaper, lorsque McPherson débarqua avec son cheval. « Je vois que vous avez finalement abandonné votre fiancée. » Il nous sourit en tapotant le flanc de son cheval et commença à détacher la selle. « Il vous aura donc fallu une semaine pour débander ? »

Je regardai Brody qui secouait lentement la tête sans se départir de son sourire – il était très content de sa nouvelle épouse, tout comme moi. Nous savions que les autres, notamment les célibataires, nous charrieraient de passer tant de temps à baiser notre femme. « Ah ça, aucune chance. Il me suffit de penser à elle et je bande déjà. »

En fait, j'en profitai pour ajuster ma queue dans mon pantalon, qui commençait déjà à me faire mal rien qu'à en parler. Cela ne faisait que deux heures que nous ne l'avions pas baisée, mais ma queue ne voulait rien entendre.

« Vous avez entendu la nouvelle ? » demanda McPherson en soulevant la selle pour la ranger sur une étagère. Il retira ensuite la couverture.

« La nouvelle ? » Je me calai contre la fourche que je tenais entre mes paumes.

« Turner est mort. »

Brody s'arrêta et me regarda. « Mort ? Comment ?

— Tué de sang-froid. »

Je plantai la fourche dans une botte de paille et me dirigeai vers McPherson. « Qu'est-ce que tu veux dire par de sang-froid ? »

McPherson haussa les sourcils. « Je ne sais pas. J'ai croisé le shérif et il m'a dit qu'après leur visite la semaine dernière, M. Palmer avait eu l'air furieux contre Turner. Ils se sont disputés, ont parlé d'une dette, Turner a répondu que tout était réglé.

— Bon sang, mais qu'est-ce que ça veut dire ? » demanda Brody.

McPherson haussa les épaules. « D'après ce que j'ai entendu en ville – l'histoire se répand comme une traînée de poudre et le shérif n'est pas le seul à avoir sa petite idée – Turner était un joueur invétéré. Mauvais aux cartes. Il a tout perdu.

— Contre Palmer. » Je serrai les dents. Quelque chose n'allait pas. J'avais un mauvais pressentiment.

« Mais si Palmer a récupéré son argent, pourquoi était-il énervé ? demanda Brody.

— Ah, ça. En tout cas, Palmer était assez en colère pour le tuer, déclara McPherson.

— Mais pourquoi ? »

Nous nous regardâmes et l'explication devint limpide. « Laurel. » Brody prononça son nom en même temps que moi.

McPherson leva des yeux perçants. « Où est-elle ?

— À la maison. Il faut... »

Un coup de feu retentit au loin, mais il transperça le calme ambiant.

Ce bruit me foudroya le cœur et nous sortîmes en trombe de l'écurie.

Pan. Un deuxième tir.

« Merde, murmura Brody. Ça vient de la maison. » Il attrapa les rênes du cheval de McPherson, le mena dehors et grimpa à cru.

McPherson attrapa le fusil accroché au-dessus de la porte. « Brody ! »

Il lui lança le fusil et Brody l'attrapa avant d'éperonner le cheval.

McPherson et moi commençâmes à courir en direction de la maison et de Laurel. Que se passait-il ? Était-ce Palmer ou autre chose ? Laurel avait-elle tiré ces coups de feu pour nous appeler ou était-elle en train de se défendre ? Ou pire, quelqu'un lui avait-il tiré dessus? Je repris ma foulée, courant aussi vite que possible dans cette neige épaisse. Il fallait que je la rejoigne, mais je savais que Brody ne devait plus être loin maintenant.

« Les autres vont rappliquer aussi, » souffla McPherson. Il suivait le rythme de mon sprint. « Ça ne fait que deux coups, donc ça ne veut rien dire. »

Pan. Un troisième coup...

« Laurel ! »

15

BRODY

JE RALENTIS À PEINE AVANT DE SAUTER DE CHEVAL. LAUREL était assise sur le perron dans le froid, les cheveux en bataille et les barrettes défaites – elle serrait un pistolet entre ses mains et visait encore le corps étendu sur le sol. À en juger par le sang qui se répandait autour de lui, il ne se lèverait jamais plus. Je sautai les marches d'un bond et, le pas lourd, m'arrêtai net devant cet homme. Je pointai mon fusil sur lui et lui donnai un petit coup de pied avant de le retourner sur le dos.

Palmer. Il avait les yeux grands ouverts et fixait le plafond du porche, une tache de sang écarlate colorait sa chemise blanche. Il était mort.

Mon cœur battait la chamade et mes muscles étaient tendus, j'étais prêt à tuer. Je voulais lui tirer dessus moi aussi, pour soulager une partie de mon angoisse et de ma frayeur.

Je me retournai et m'agenouillai devant Laurel, je posai le fusil à terre, à côté de moi.

« Laurel, » dis-je d'une voix douce. J'approchai lentement mes mains, ne voulant pas la surprendre.

Elle n'avait pas bougé depuis que j'étais arrivé, elle fixait uniquement Palmer, le pistolet toujours pointé sur lui. L'odeur forte du sang emplissait l'air.

Lentement, je pris ses mains dans les miennes. Elles étaient si froides, glacées même, et pas à cause du froid. Elle ne savait sans doute même pas que j'étais là. « Laurel, donne-moi le pistolet. Laurel, » répétai-je, plus fort cette fois.

Elle secoua lentement la tête. « Non. Il est dangereux. Il va me faire du mal...

— Il est mort, mon cœur. Il ne peut plus te faire de mal maintenant. » Elle se détendit suffisamment pour que je puisse lui prendre le pistolet et le poser à côté du fusil. « Regarde moi. »

Elle était sous le choc, abasourdie et pétrifiée, mais entière. Qu'avait-il eu le temps de lui faire avant qu'elle ait tiré ? De toute évidence, un des coups de feu avait servi à le tuer.

« Laurel, » dis-je une fois de plus d'une voix plus grave et plus puissante.

Elle cligna des yeux et se tourna vers moi. Je vis qu'elle me découvrait et sus qu'elle sortait de sa stupeur.

« Brody ! » sanglota-t-elle en se jetant dans mes bras, en enfouissant son visage contre mon épaule. « Il... c'était horrible. Je me souvenais qu'il fallait tirer trois coups de feu, mais il venait après moi et je n'ai pu en tirer que deux. » Sa voix était aiguë et elle paraissait au bord de l'hystérie. Je ne lui en voulais pas – j'étais moi aussi quelque peu choqué. Je devais garder mon sang-froid cependant ; c'était mon rôle de la calmer, de la mettre en sécurité. Ah ça, j'avais fait du beau boulot, j'aurais dû être là pour la défendre contre cette enflure, mais elle était malgré tout en sécurité maintenant. Je la serrai fort contre moi.

« Non. Non, chérie. Tu as bien tiré les trois coups de feu et on t'a entendue. On est venus aussi vite que possible, mais tu as fait le bon choix, tu t'es défendue. Je suis fier de toi. » Je caressais ses cheveux, encore et encore, espérant lui communiquer un peu de ma chaleur.

« Je pensais... Il avait un pistolet et... »

Elle frissonna et se remit à sangloter.

Je la pris sur mes genoux et calai sa tête sous mon menton, l'agrippant fermement par la taille. Je ne faisais que la bercer et la laisser pleurer, tout en fixant le corps sans vie de Palmer.

Je sentais les battements de son cœur, ses doigts se crisper contre ma chemise, l'odeur florale de ses cheveux et je ne me sentais toujours pas assez proche d'elle. L'idée de la perdre, de sa mort, me donnait envie d'abattre à nouveau cet enfoiré. Le destin avait placé Laurel sur notre chemin et je n'étais pas prêt à la perdre maintenant. Hors de question.

Mason et McPherson arrivèrent alors – la neige crissant sous leurs pieds –, mais ils durent reprendre leur souffle. Ils comprirent la situation et je croisai le regard de Mason par-dessus la tête de Laurel. Je fis un bref signe de tête et ses épaules tombèrent de soulagement. Il se plia en deux, les mains sur les genoux. Il monta les marches et s'accroupit devant moi pour caresser le dos de Laurel.

« Tout va bien maintenant. Tu es en sécurité. Mason est avec moi et nous allons prendre soin de toi, » murmurai-je, alors que nous n'avions rien pu faire pour la protéger de Palmer.

McPherson monta sur le perron. « Je vais m'occuper de cet enfoiré, » grogna-t-il en donnant un coup dans la jambe du mort. « Vous deux, prenez soin de votre femme. »

Mason me l'enleva des bras et se redressa pour la porter à

l'intérieur. Je les suivis et claquai la porte derrière nous, oubliant Palmer et à quel point nous étions passés près de perdre notre épouse, pour toujours.

McPherson et les autres s'occuperaient de Palmer pour nous. Pour l'instant Laurel avait besoin de ses hommes.

Je suivis Mason dans les escaliers, puis dans la chambre et je refermai la porte derrière nous. Mason reposa Laurel et se recula pour pouvoir la regarder. Je me déplaçai pour me tenir directement à côté de lui.

« Chérie, est-ce qu'il t'a fait du mal ? » demanda-t-il.

Je détaillais son corps du regard. Sa robe n'était pas déchirée ; elle était un peu sale, mais elle venait de rester assise sur le perron. Ses cheveux étaient défaits et des larmes coulaient le long de ses joues pâles, mais sinon, elle avait l'air… entière.

Elle secoua la tête. « Non. Il… Il était venu me prendre, mais je ne suis pas blessée. »

Mason approcha ses mains de cette nouvelle robe. « Nous allons t'enlever ça et jeter un coup d'œil pour nous en assurer. Tu as eu peur.

— On a tous eu peur, ajoutai-je. Laisse-nous nous assurer que tu n'as rien. »

Elle nous jeta un coup d'œil à tous les deux et acquiesça. « Bien sûr, oui. »

Mason se dépêcha de lui déboutonner sa robe. Il la lui enleva, lui retira son corset, ses bas, ses bottes et elle se retrouva nue devant nous. Je lui caressai les épaules et les bras tandis que Mason remontait le long de ses cuisses. Elle avait des marques rouges au-dessus de ses coudes qui devaient lui faire mal et ma mâchoire se crispa. Je m'approchai et plaçai derrière elle – elle était coincée entre nous deux – et je glissai mes mains le long de son dos, descendant jusqu'à ses magnifiques fesses avant de remonter. Il fallait que nous la touchions partout, pour être sûrs qu'elle n'avait rien, qu'elle était bien là et qu'elle était encore à nous.

« Il... Il disait que j'étais son épouse. Il avait même un contrat de mariage. » Nous la caressions, mais elle était distraite.

Mes mains s'arrêtèrent. « Un contrat ? »

Elle acquiesça. « Signé par un juge et ça avait l'air officiel. Il disait que mon mariage avec Mason n'avait aucune valeur. »

Mason secoua la tête. « Bien sûr que notre mariage est réel, mon cœur. Aucun doute là-dessus. Palmer a bien pu acheter un juge, mais nous sommes unis devant Dieu. Et nous nous sommes unis une nouvelle fois en te prenant ta virginité. Bon sang, nous avons su que tu étais à nous au premier regard. »

Je pensais exactement la même chose.

« Je... je lui ai tiré dessus. Je ne voulais pas, mais il venait vers moi. Je... lui ai donné un coup de genou... en bas là, puis j'ai couru mais il m'a rattrapée et... »

Mon Dieu. Elle allait devoir vivre avec cela pour le restant de ses jours. Tous les hommes de Bridgewater avaient tué ; c'était notre travail. Mais pas celui de Laurel. Elle avait dû tuer un homme ou risquer de se faire tuer.

« Tu te défendais. Tu n'as rien fait de mal. C'était un salopard. » Mason lui caressait les bras.

Je me penchai pour lui embrasser l'épaule. « Chut, fis-je. Mason a raison, ce type était un vrai salaud et il ne peut plus te faire de mal. Tu t'en es occupée toi-même, mon cœur, et nous sommes fiers de toi. Ne parle plus de Palmer. Il n'a pas sa place dans cette chambre avec nous. »

Des larmes chaudes coulèrent à nouveau le long de ses joues, mais c'était plus à cause de l'émotion cette fois qu'à cause de la peur. « Je… je ne pensais pas que je vous reverrais. Oh, vos mains sont si douces. » Elle pencha la tête en arrière et j'embrassai son cou. « Je ne pensais qu'à vous. Qu'à vous retrouver. Je... j'ai besoin de vous. De vous deux. »

Elle se fit alors audacieuse, éperonnée par cette menace qui venait de s'évanouir. Elle déboutonna la chemise de Mason. Elle ne contrôlait visiblement plus ses émotions et était prise de frénésie – ses doigts se faisaient maladroits. « S'il vous plaît, j'ai besoin de vous. J'ai besoin de vous deux. Faites partir Palmer. Baisez-moi. »

Avec ferveur, elle embrassa la poitrine de Mason qu'elle venait de révéler. « Je sais... que vous attendiez... » Chaque pause était un baiser. « Mais j'ai besoin de vous deux. Je veux vraiment être à vous. »

Je lui tirai les cheveux pour l'obliger à se retourner. Pas trop fort, ni trop doucement non plus. Son regard sauvage croisa le mien. Elle avait besoin de cela. Elle voulait que quelqu'un s'occupe d'elle, que quelqu'un lui fasse oublier. Pour qu'elle puisse se laisser aller. Elle s'était occupée de Palmer et c'était à notre tour de nous occuper d'elle. « Ensemble ? Tu veux qu'on te prenne tous les deux en même temps, mon ange ? »

Au lieu de répondre, elle me prit la main et la plaça entre ses cuisses, mes doigts caressèrent sa chatte humide. Elle dégoulinait et je sentis son clitoris, dur et palpitant. Elle regarda par-dessus son épaule, prit la main de Mason et la posa entre ses jambes par derrière. Sa respiration se fit haletante quand Mason lui caressa son bouton de rose.

Elle posa la main sur ma bite à travers mon pantalon, mais je lui fis non d'un signe de tête. « Ce n'est pas à toi de décider, Laurel, mais à nous. C'est à nous de décider quand on te baise et de quelle manière. » Je ne repoussai pas sa main, mais lui enfonçai un doigt dans la chatte pour la faire céder. Elle ferma les yeux et gémit.

Ses tétons se durcissaient devant mon expression sévère et au contact de mes doigts.

« Tu veux que je te baise le cul ? » demanda Mason en lui griffant le cou, laissant une traînée de peau rougie dans son sillage.

Laurel inclina la tête, offrant un meilleur accès à Mason, et acquiesça.

« Alors voyons si tu es prête. Mets-toi à quatre pattes sur le lit, le cul en l'air. »

Mason la laissa passer pour qu'elle lui obéisse – ce qu'elle fit sans se faire prier –, elle s'installa au milieu du lit et posa la joue contre l'édredon pour nous regarder de ses yeux verts. Une parfaite pose de soumission, sa chatte et son cul bien exhibés, elle nous montrait ce qui nous appartenait. Ses petites lèvres d'un joli rose s'écartaient légèrement pour nous, révélant sa chatte étroite et sa petite perle. Nous profitions de la vue, de ses poils roux, d'un rouge ardent, qui nous fascinaient. Nous admirions sa petite rosette dont coulait un reste de lubrifiant. Vu comment elle avait accepté le dernier plug, je savais qu'elle était prête, mais c'était Mason qui allait la sodomiser, il lui revenait de décider si elle l'était réellement.

Je me déshabillai à la hâte et fixai le corps parfait de Laurel. Ses seins pendaient lourdement, ses tétons déjà durcis. Je salivais à l'idée de la goûter à nouveau. Ma bite était prise de spasmes et me faisait mal. Mason croisa mon regard. Il acquiesça. Le temps était venu.

Je m'installai sur le lit, le dos calé contre la tête de lit, et j'écartai les jambes autour des épaules de Laurel. Elle releva la tête pour me regarder ; elle était pleine de désir, prête. Je lui fis signe d'approcher. « Viens là, mon cœur. »

Elle se redressa et rampa vers moi, ses seins se balançant sous elle. Elle s'arrêta à quelques centimètres de ma bite. J'en saisis la base et en caressai la longueur, un fluide clair perlait au bout. Rien qu'à voir sa bouche là, ses lèvres humectées par sa langue, j'avançai déjà mes hanches vers elle.

« Suce-moi, mon cœur. »

Elle me fixa du regard un instant et regarda ensuite ma queue. Elle se lécha les lèvres et approcha son visage pour lécher d'abord mon gland avant de me prendre en entier. Je soupirai d'aise, heureux de sentir sa bouche chaude autour de mon sexe. Sa langue caressait mon gland et décrivait autour des tourbillons.

Je vis Mason attraper le pot de lubrifiant, plonger la main dedans avant de la tendre vers le cul de Laurel. Le visage de notre amante collé à ma bite me permettait de ne pas rater une miette de ce que faisait Mason, de le voir enfoncer son doigt. Elle gémit contre ma bite, les vibrations me crispèrent les couilles.

« Elle n'a plus aucun mal à prendre un doigt. Prends une profonde inspiration, chérie, je vais t'en mettre un autre, » lui dit Mason.

Je sentis son souffle chaud contre mon poing. Mason enfonça le deuxième doigt à côté du premier et Laurel remua ses hanches. Elle gémit à nouveau autour de ma bite en écarquillant les yeux.

« Mason, je ne vais pas tenir longtemps si elle continue à gémir comme ça. » Je respirais fort et mes mains agrippaient la couverture ; elle me faisait tellement de bien.

Je le vis écarter les doigts, l'étirer encore plus, s'enfoncer jusqu'à la première phalange. Mason croisa mon regard.

« Elle est prête. »

Je collai ma main conter sa joue et lui fis relever la tête. Je m'allongeai sur le lit, la tête sur l'oreiller – son visage se trouvait juste au-dessus du mien. « Installe-toi sur moi. »

Elle baissa les yeux et regarda ma bite qui lui agaçait le nombril. Elle posa un genou à côté de ma hanche, idem de l'autre côté, pour me chevaucher. Lentement, elle s'empala sur mon sexe, assise sur moi pour que je la remplisse complètement. Sa chatte était toujours aussi étroite et humide et chaude et... parfaite. Je ne voulais être nulle part d'autre. Ma place était ici.

« Brody, oh ça fait tellement de bien, mais je veux que vous me baisiez tous les deux. »

Mason se pencha en avant et embrassa son épaule.

« C'est bien notre idée. »

16

LAUREL

JE NE VOULAIS RIEN DE PLUS, JUSTE ÊTRE ENTOURÉE PAR MES hommes et savoir qu'ils me désiraient, qu'ils avaient besoin de moi et que je n'étais pas la seule à éprouver ces sentiments. Avoir frôlé la mort m'avait fait comprendre à quel point j'avais besoin de Mason et de Brody – je voulais m'offrir à eux deux pour tisser un lien indestructible. J'étais le chaînon manquant qui nous unirait. Et tandis que Brody me tirait contre sa poitrine et m'embrassait, je compris que le moment était venu.

Ses mains m'agrippèrent le visage et il m'embrassa, sa langue cherchant la mienne. Il mordit ma lèvre inférieure avant d'y poser un baiser tendre tout en remuant ses hanches. Même s'il ne pouvait pas me donner les coups de rein auxquels j'étais habituée dans cette position, les frottements doux qu'il me prodiguait me faisait gémir. Je mouillais abondamment et il n'avait aucun mal à se mouvoir en moi. Mon clitoris frottait contre son pubis et cette sensation me torturait lentement et sensuellement. Même mes tétons qui effleuraient sa poitrine me procuraient du plaisir.

Je sentis la main de Mason m'écarter les fesses, puis son gland se coller à moi... juste là. Il glissa sans me pénétrer, son sexe était visiblement couvert de lubrifiant. Ils étaient tous deux si prévenants, ils ne pensaient qu'à moi, prenaient toujours soin de moi. Toujours cette même expression... prendre soin de moi, comme Ann le disait si bien. Mason ne voulait pas me faire mal ; il voulait que j'aime baiser avec mes deux maris, voulait me prouver à quel point nous nous sentions bien tous ensemble.

Ils m'avaient tous deux juré que j'allais aimer cela et je ne pouvais que les croire sur parole. Il plaqua à nouveau son gland contre mon petit bouton, il poussa puis se recula. Il poussa cette fois un peu plus fermement. Je me rappelai ses conseils, prendre une grande inspiration. Je m'exécutai, laissant mon front reposer sur la poitrine de Brody tandis que je me poussais mes hanches contre Mason. Sa queue était plus grosse que le plug ou que leurs doigts et mon cul s'étira encore plus.

« Oh, je gémis en sentant cette brûlure.

— On y est presque, mon ange. Ça m'excite tellement de te voir prendre ma bite. Recule-toi encore une fois. C'est ça... oui. Oh, j'y suis. Mon Dieu, c'est tellement étroit. »

Je gémis alors que la bite de Mason me pénétrait le cul. Je me sentais déchirée. La bite de Brody dans ma chatte, ils étaient tellement à l'étroit. Ça brûlait, m'étirait, mais c'était aussi... incroyable. C'était comme lorsque Mason me titillait les tétons la première fois, c'était douloureux mais tellement jouissif. Au début, je dus serrer les dents, mais j'arrivai à me détendre et à en profiter, à en profiter pleinement.

Mason m'agrippa les fesses et commença ses mouvements

de va-et-vient. Lentement, très lentement, il s'enfonça, puis recula. Brody remuait également ses hanches, mais en suivant le rythme inverse, de telle façon qu'une bite me pénétrait chaque fois que l'autre se retirait. Je ressentais un plaisir insoutenable. Je ne pensais plus qu'à mon corps et à ce que mes deux hommes lui faisaient. Mon clitoris palpitait, mon sexe se resserrait sur cette queue. Mes doigts griffèrent les épaules de Mason et je soupirais contre sa peau en sueur avant de le mordiller légèrement au moment où Mason me pénétra à fond.

« Tu es à nous, Laurel, » dit Mason d'une la voix rauque. Nos corps étaient collés l'un à l'autre, couverts de sueur et nous ne formions déjà plus qu'un. Nous étions finalement liés tous les trois. Je savais désormais qu'ils m'appartenaient autant que je leur appartenais.

« Elle me serre si fort, Mason, je ne vais pas pouvoir durer, dit Brody.

— Son cul étrangle ma bite, gronda Mason. Tu es prête à jouir, mon cœur ? »

J'acquiesçai contre le torse de Brody.

« Bien, parce que tu vas jouir comme jamais. »

Avec cette promesse, ils commencèrent à accélérer leurs mouvements. Mason reculait tandis que Brody se calait contre moi. Puis Mason me pénétra lentement, me remplit pendant que Brody s'écartait. Encore et encore, ils continuaient toujours en alternant de cette manière. Je ne pouvais rien faire d'autre qu'en profiter. Je ne pouvais pas bouger, je ne pouvais même pas remuer mes hanches et pourtant j'étais inondée de plaisir. J'avais trouvé mes premiers orgasmes extraordinaires, mais ils ne représentaient rien à côté de celui-là. Sentir ces deux bites en moi me procurait des sensations si intenses, si insoutenables que je ne pouvais plus attendre, je ne pouvais que me laisser aller. Je plongeais dans un plaisir fort et vif et je criai. Brody me frottait le clitoris à chacun de ses mouvements. Son gland caressait des parties de moi que je ne soupçonnais même pas et Mason réveillait des endroits au plus profond de moi. Toutes ces sensations se transformèrent en une boule de plaisir brillante qui éclata, explosa à travers tout mon corps, de mes doigts jusqu'à mes orteils.

J'entendis Brody gémir, immobile, sa queue enfoncée au plus profond de moi – une giclée de son foutre brûlant m'emplissant la chatte. Mason me donna un dernier coup de rein et agrippa mes hanches jusqu'à me faire presque mal – il respirait fort et lui aussi déversa en moi son foutre, me jurant ainsi fidélité.

J'étais couchée contre le torse humide de Brody, trop épuisée pour bouger. Je sentais encore leurs bites trésaillir en moi alors qu'ils commençaient tout juste à reprendre leur souffle. Délicatement, Mason se retira et je grimaçai, car même s'il avait été doux, leurs attentions avaient été éprouvantes. Brody me souleva pour se retirer et me placer à ses côtés – j'utilisai donc son bras comme oreiller. Leurs deux semences se mêlaient et coulaient le long de mes cuisses. Je sentis la main de Mason sur ma hanche et ses lèvres contre mon épaule.

« Il n'y a aucun doute, Laurel, depuis notre première rencontre, tu es à nous, me dit Mason de sa voix douce.

— Tu as pu en douter, mais nous jamais, ajouta Brody. Pas une seule fois. »

Je relevai le menton pour regarder Brody. « Comment ? »

Il haussa les épaules. « C'était le coup de foudre. »

J'étais aux anges avant cette déclaration, mais mon cœur se noua. Je ne pouvais rien ressentir de plus fort pour ces deux-là que ce que je ressentais en ce moment. Je m'allongeai sur le dos pour pouvoir les regarder tous les deux.

Mason acquiesçait. « C'était le destin qui nous ramenait notre épouse égarée. »

J'y réfléchis. Je m'étais aventurée dans une tempête de neige en prenant la direction de la ville, mais je m'étais perdue au point de me retrouver chez Mason et Brody. Pas chez Andrew et Robert.

Pas chez d'autres hommes. C'était le destin.

Ils m'avaient trouvée non seulement perdue dans la neige, mais complètement perdue dans la vie. Ils m'avaient vue, vraiment, et m'avaient aimée.

Désirée. Chérie.

Je leur souris, sachant que tout cela était vrai. « Oui, vous avez raison. Je suis votre mariée égarée. »

OBTENEZ UN LIVRE GRATUIT !

Abonnez-vous à ma liste de diffusion pour être le premier à connaître les nouveautés, les livres gratuits, les promotions et autres informations de l'auteur.

livresromance.com

CONTACTER VANESSA VALE

Vous pouvez contacter Vanessa Vale via son site internet, sa page Facebook, son compte Instagram, et son profil Goodreads via les liens suivants :

Abonnez-vous à ma liste de lecteurs VIP français ici :
livresromance.com
Web :
https://vanessavaleauthor.com
Facebook :
https://www.facebook.com/vanessavaleauthor/
Instagram :
https://instagram.com/vanessa_vale_author
Goodreads :
https://www.goodreads.com/author/show/9835889.Vanessa_Vale

À PROPOS DE L'AUTEUR

Vanessa Vale vit aux États-Unis et elle est l'auteur de plus de 60 best-sellers romantiques et sexy, dont notamment sa populaire série de romans historiques Bridgewater et ses romances contemporaines érotiques mettant en vedette de mauvais garçons qui n'ont pas peur de dévoiler leurs sentiments. Quand elle n'écrit pas, Vanessa savoure la folie que constitue le fait d'élever deux garçons et tout en essayant de chercher à savoir combien de repas elle peut préparer avec une cocotte-minute. Même si elle n'est pas aussi experte en réseaux sociaux que ses enfants, elle aime interagir avec les lecteurs.

Tous les livres en Français:

https://vanessavaleauthor.com/book-categories/francais/

CPSIA information can be obtained
at www.ICGtesting.com
Printed in the USA
BVHW041507150921
616733BV00021B/497

9 781795 948210